PÓ

Obra editada no âmbito do PROSUR – *Programa Sur de Apoio à Tradução* – do Ministério das Relações Exteriores, Comércio Internacional e Culto da República Argentina.

Obra editada en el marco del PROSUR – Programa de Apoyo a las Traducciones – del Ministerio de Relaciones Exteriores, Comercio Internacional y Culto de la República Argentina.

PÓ
LOYDS

TRADUÇÃO
HELOÍSA LOPES
RAQUEL ABDANUR

Copyright © 2017 by Letramento

TÍTULO ORIGINAL:
Merca

EDITORES:
Gustavo Abreu
Alencar Perdigão

TRADUÇÃO:
Heloísa Lopes
Raquel Abdanur

REVISÃO E PREPARAÇÃO:
Lorena Camilo

CAPA, PROJETO GRÁFICO E DIAGRAMAÇÃO
Luís Otávio Ferreira

TODOS OS DIREITOS RESERVADOS.
Não é permitida a reprodução desta obra sem aprovação do Grupo Editorial Letramento.

Dados Internacionais de Catalogação na Publicação (CIP)
Bibliotecária Juliana Farias Motta CRB7/5880

Referência para citação:
LOYDS.; LOPES, H.; ABDANUR, R. Pó. Belo Horizonte(MG): Letramento, 2017

L923p Loyds
Pó / Loyds ; Tradução Heloísa Lopes, Raquel Abdanur. -- Belo Horizonte, MG :
Letramento : Quixote, 2017.
144 p.: .; 21 cm.

ISBN: 978-85-9530-004-0

1. Romance argentino. I. Lopes, Heloísa. II. Abdanur, Raquel. III. Título
CDD Ar863

Belo Horizonte – MG
Rua Cláudio Manoel, 713
Funcionários
CEP 30140-100
Fone 31 3327-5771
contato@editoraletramento.com.br
www.editoraletramento.com.br

*Para minha querida sobrinha
Juana, porque é a primeira.*

AGRADECIMENTOS

A toda minha família em Buenos Aires. Aos amigos dos quais roubei alguns casos engraçados. A todas as mulheres que me deram histórias de amor.

Às minhas tradutoras Raquel Abdanur e Heloísa Lopes por embarcarem nesta bela aventura. À Editora Letramento por confiar neste livro e a Livraria Quixote por apresentá-lo e exibi-lo.

A toda minha família nascida ou morando no Brasil. Ao meu querido primo Faustino Lebrón, que foi o enlace para que esta tradução fosse possível, e sua filha, Nina Lebrón. Ao meu tio e padrinho Luis Lebrón e suas filhas, Sofía, Aisha e Gabriela Lebrón.

Pela memória de Sordo Pancho, e ao seu filho, Martín Oteiza Lebrón.

— Você deveria escrever um livro, neném, diz Andrea enquanto prepara uma carreira do tamanho da lateral do Maracanã.

Pablo Ramos

CAPÍTULO

A LOIRA ENTRA NO CARRO MEIO desconfiada. Abaixa os óculos floridos lentamente e me olha de cima com ar de superioridade. Digo: *oi, sou eu, Johnny*, enquanto minha mente insulta a idiota da Jackie por não me avisar que eu daria carona para uma superloira sexy e pedante, que iria requerer o dobro da minha atenção. Jackie sabe muito bem que eu sempre odiei as loiras histéricas, talvez por isso não tenha me alertado. Uma vez sentada no banco do passageiro, a loira estica suas longas pernas, examina o interior do carro e pergunta se demorou muito para descer. Digo que não, que mandei a mensagem do meu celular Samsung Alpha há poucos minutos e ela confere no mesmo instante, na minha frente, um pouco por ansiedade, um pouco, provavelmente, para me mostrar o seu iPhone novo. Ligo o motor da BMW X6 que ganhei do velho nos meus 30 anos e acelero forte em ponto morto, para que a loira escute nitidamente o ronco do motor alemão e valorize o transporte que lhe caiu do céu. Engato a primeira e saio, convencido de que ela nunca viu um carro como este na vida, ainda que possivelmente nem se dê conta disso. Ela não tem uma ideia melhor do que abaixar o quebra-sol em busca de um espelho. Seu gritinho histérico diz algo como: *que absurdo, não tem espelho!* – e eu disfarço minha vergonha alheia com uma piadinha a respeito da sua frivolidade. Tenho vontade de dizer que o espelho está no porta-luvas, sempre a postos para outros afazeres, mas não me animo a tanto por ainda não saber o grau de caretice dessa garota. Aliás, acabei de cheirar uma carreira para apaziguar a espera. Para isso existem os vidros polarizados. E os espelhos. Talvez por isso minha incisiva e veloz resposta a tenha deixado tranquila e ela, sem tomar conhecimento nem dar pelo caso, dá uma risada, como riem todas as loiras. No rádio toca David Bowie e eu aumento o volume enquanto ela canta a música, que acho que é *Ziggy Stardust*. Inspiro forte e a coca penetra ainda mais fundo no sangue que corre nas minhas veias. Me sinto bem e a loira parece estar relaxada, cantando e balançando levemente os braços. Por alguns quarteirões não conversamos, a mim pelo menos não me ocorre nada inteligente para dizer. Melhor assim. Em cada sinal, eu me dedico a espiar através do meu Ray Ban estas pernas compridas, finas e bronzeadas e o pó continua fazendo a minha cabeça. Ela parece notar os meus olhares porque pouco a pouco, distraidamente, vai subindo a saia para ir mostrando um pouco mais. De súbito, pergunta: *você viu aquele cara cafona do Megane?* Respondo que não e ela afirma tê-lo visto jogar um papel pela janela. Pede que eu o alcance para lhe dizer que ele deixou cair alguma coisa do carro. Prefiro evitar a ironia – e os problemas – e não dou papo. Ela insiste. No próximo sinal, paramos bem ao lado do Renaut Megane, mas eu o evito, de propósito. Não tenho a menor condição de repreender alguém neste momento, primeiro porque estou maluco, segundo porque não gosto de repreender nem de ser repreendido e terceiro porque não acredito que um papelzinho de nada vai fazer alguma diferença na limpeza dessa merda de cidade, nem na porra do meio ambiente. A loira se queixa de petulante, que com certeza é, e eu ponho um ponto final com um *fuck off, break the rules*, que ela parece gostar, como se de repente lhe despertasse a faceta de menina má. O Megane continua no nosso caminho por mais um tempo e nós começamos a nos divertir. Até me animo a mostrar ao barango a frente da minha X6, cujo ronco é infinitamente mais *power* que o do seu peidorreiro Renault nacional. Ela percebe e diz: *esse Megane é tão brega quanto a pessoa que o dirige. Barango metido a chique.* Gosto do seu comentário, gosto de estar em um supercarro com uma superloira, rumo a uma supercasa na zona norte. No fim das contas, essas são as coisas que um homem sempre quer ter, embora eu não consiga valorizá-las. Porém, hoje pode ser um grande dia, estou bastante ligado e quero me divertir um pouco.

PÓ

Chegamos à casa da Jackie, que hoje organiza um *baby shower*. Eles me explicam que *baby shower* é uma espécie de evento que agora está na moda, organizado por uma mulher que vai ter um filho. O objetivo é se mostrar grávida para outras mulheres que vão lhe falar de seus filhos e tentar convencer aquelas que não são mães a engravidarem também e, claro, lhes fazer inveja, nessa ordem. E de quebra, ainda ganhar presentes. Quando entramos, a coisa já estava bem animada. Jackie aparece inchada como uma bola, segurando uma taça cheia de algo frio e rosado. Sebas acende o fogo da *parrilha*, onde, segundo anuncia, vai assar umas pizzas preparadas por ele mesmo um pouco mais cedo. Ele também tem uma taça na mão. Me cumprimenta e diz que estão tomando um vinho rosé muito bom, trazido pelo namorado da mãe de Jackie, a dona da casa. Pergunta se quero provar e eu aceito, claro, enquanto a loira se afasta um pouco e começa a conversar aos gritos com a barriguda, passando a mão no seu ventre volumoso, uma cena que me deixa bem excitado. Pergunto a Sebas como ele se sente com isso de ser um futuro papai e ele faz cara de paisagem. Diz que está de saco cheio de escutar sempre a mesma coisa sobre o bebê, a maternidade, o parto e toda essa merda, e que a única coisa que quer é voltar para sua casa em Punta del Este. Propõe que mudemos de assunto e começa a falar dos jogos da última rodada e do novo disco de não sei que grupo. Ele me dá a impressão de estar viajando, pela maneira como muda de um assunto a outro sem nenhuma conexão e pela forma meticulosa como mexe a brasa na *parrilha*. De repente para, fica em silêncio, me olha e pergunta em voz baixa se eu tenho pó. Minto e digo que não. Provavelmente ele sabe que estou mentindo porque me analisa com desconfiança. Depois sorri, se serve um pouco mais de vinho e fala que o primeiro disco solo de Liam Gallagher é uma verdadeira merda. Digo que concordo, embora nunca o tenha escutado. Pergunto que tal a amiga de Jackie, ele diz que é uma loira besta, afastando-se um pouco para que ninguém escute e para pegar a primeira pizza que vai colocar para assar. Aproveito para dar uma olhada geral no restante dos convidados, justo na hora em que uma morena que trabalha na TV perde todo o *glamour* e se joga na piscina completamente vestida, atrás do filho que teve com o namorado famoso, que acabou de cair na água. Entre os demais, vejo Maca, bêbada como sempre, cambaleando pelo jardim enquanto aponta a câmera de fotos para alguém. Quando me vê dá uma gargalhada histérica e me abraça com a câmera na mão. Conta que está estudando fotografia e eu digo que bom, e ela dá outra risada dizendo que acaba de se foder numa prova, que foi muito mal porque não tinha estudado nada e eu penso, o que será que há que estudar para tirar fotos? E, por fim, pergunto a ela onde é o banheiro, porque não vejo a hora de dar outro teco. Ela indica o caminho, lá dentro à direita, esquerda ou algo assim e quando eu pergunto se os donos da casa estão presentes, ela dá de ombros. Entro na casa e encontro um banheiro com chave na porta, perfeito para esquecer a merda desse *baby shower*, ao qual já me arrependi de ter vindo. Preparo sobre o reservatório de água do vaso uma carreira enorme com um dos meus cartões de crédito e no momento em que enrolo uma nota de cinquenta dólares, sempre pronta para a ocasião, alguém bate na porta. Digo que está ocupado, no mesmo instante em que uma voz de mulher pergunta: *tem gente?* Aumento o tom de voz para repetir que está ocupado e vejo que a ansiosa gira a maçaneta para comprovar se a porta está trancada. Quando desiste, me inclino sobre minha carreira rechonchuda e aspiro com força, primeiro com um orifício do nariz até a metade, depois com o outro até o final. Gosto de separar as carreiras e que as duas sejam exatamente iguais. Então desenrolo, limpo e guardo minha nota. Confiro no espelho se não há vestígios brancos no meu nariz, destranco a porta e saio do banheiro e da casa. No jardim, as coisas têm outra cor e eu começo a me sentir vivo novamente. Vejo Javi e Martín que me olham de longe, recém-chegados e me aproximo para cumprimentá-los. Que sorte ter vindo.

Martín parece estar mais ligado do que eu. Pergunto se ele tem, só para passar a informação a Sebas, para que ele desista de me encher o saco. Odeio pensar que a festa inteira depende do *fucking* pino que tenho no bolso. Ele diz que não, que ultimamente não tem cheirado porque lhe faz mal e depois não pode trabalhar. Martín se autodenomina "artista plástico" e quando fala de trabalhar se refere a uns quadros muito estranhos que ele pinta no seu atelier, montado na casa dos pais, no condomínio Tortugas. O pai de Martín é dono de metade da Argentina e ele é filho único, com o qual pode trabalhar no que quiser, inclusive com artes. E de fato, a primeira exposição que ele fez foi curada pela mãe, que além do mais se encarregou de que suas amigas comprassem todos os quadros do filho. O pessoal das artes lhe dá muita moral porque sabe que o cara tem costas largas para fazer qualquer coisa, mesmo que depois, pelas mesmas costas, acabem com ele sem dó nem piedade. Martín sabe perfeitamente disso, mas sabe também que esse pessoal lhe é bastante útil, porém quando alguém cruza o seu caminho de maneira errada é cortado imediatamente de seus futuros benefícios. Isso também não lhe importa. E mais, ele tem uma teoria de que a arte de todos esses babacas está condicionada pelo fato deles terem que se manter economicamente, de que não são livres para criar porque têm de lutar para sobreviver. Como ele não tem esse problema, sua obra está completamente livre de qualquer condicionamento. Eu gosto da forma como racionaliza e, principalmente, da forma como ele fala do assunto, por isso tenho paciência de escutá-lo. Não entendo um caralho de arte, mas ele diz que não há o que entender, que é algo puramente subjetivo, que tem a ver com o gosto de cada um. Aliás, acho os quadros dele uma bosta, mesmo dizendo sempre que gosto muito. Martín conta que vai expor em uma galeria da avenida Alvear e que me manda o convite do vernissage por e-mail ou pelo Facebook. Eu respondo *óbvio que vou e que bacana*, embora saiba que não irei nem fodendo. Quando Javi me cumprimenta, pergunto como anda seu velho e ele diz que melhorando. O pai de Javi tem várias fazendas e viajando pra lá e pra cá, sofreu um acidente com a caminhonete e se salvou por pouco. Ele está entubado na clínica Fleni há meses, fazendo reabilitações de todo tipo. Digo que fico feliz e pergunto se mais tarde vai aparecer no Tequila.[1] Responde que não, na manhã seguinte vai visitar o pai. Nesse momento, toca o seu celular e ele se afasta um pouco para atender. Pela forma como suaviza a voz já sei que se trata de uma daquelas mulherzinhas objeto do seu vício, em qualidade e quantidade. Viro para trás e vejo a atriz toda molhada bem perto de mim e não me resta alternativa senão cumprimentá-la, porque ela está me olhando fixamente. Dou-lhe um beijo e me apresento: *Johnny*, digo, para que saiba que eu não tenho nem puta ideia de quem ela seja. Ela fala simplesmente *oi*, dando a entender que nós dois sabemos que eu sei quem ela é. Odeio os famosos. Gosto das pessoas que são soberbas por natureza, pedantes porque nasceram assim, mas odeio as que se transformam nisso depois de ficarem famosas. E essa pentelha é apenas filha de algum famoso, se não fosse por isso, ninguém saberia de quem se trata. Como se não bastasse, tem uma pele horrorosa. O cabelo é bonito, mas a pele é aterrorizante. Me pergunto se daqui a pouco não vai aparecer o seu namorado famoso e imploro que não; a presença dela já é o bastante. De repente me escuto xingar em voz alta, como que exteriorizando meu tédio e percebo que estou muito travado. Por sorte, ninguém ouve. Jogo a culpa no peruano que Robert conheceu e na excelente coca que ele vende. Robert é o único cara em quem eu confio, o único que nunca me ferrou, o que é muito se levarmos em consideração o meu alto nível de exigência. Nós nos conhecemos há quinze anos e eu sempre fui uma espécie de vitrine para ele, isso deve influenciar também. Em troca, faz quase tudo o que eu peço. Entre outras coisas, me consegue o melhor pó que pode haver em nosso pequeno círculo: o melhor círculo para se conseguir pó, o pior para todo o resto. Sai caríssimo, mas para mim não há grana melhor empregada. Certamente Robert fica com uma parte do business, o que me importa um caralho. O que quero é ter sempre meu pino sem me sujar correndo atrás, nem recebendo qualquer *fucking dealer* na minha casa. Robert disse que começou a comprar do tal peruano – que eu não faço a menor ideia de quem se trata – há pouco tempo

---

[1] Casa noturna em Buenos Aires.

e que ele era o mesmo sujeito que vendia para o Maradona. Não sei se é verdade, mas sei que estou cheirando a melhor farinha da minha vida. Antes odiava todos os peruanos, todos me pareciam uns ladrões, agora reconheço que me simpatizo um pouco mais com eles. Pelo menos esse sempre tem, nunca está sem nada. Nisso vem Jackie com a outra babaca da câmera de fotos, põe-se ao meu lado e pede uma foto comigo. Ela desfila sua gravidez pelo jardim e quer fotos com todos, igual a noiva que desfila pelas mesas na festa do casamento. Uma babaquice. Jackie pergunta se quero colocar a mão na sua barriga e eu digo que não, porque tenho medo de ficar de pau duro. Congelo meu melhor sorriso enquanto a outra busca o foco manualmente, tirando a típica foto artesanal. Peço que ponha no automático e ela não me dá bola. Sustento meu sorriso o máximo possível até que de tanto esperar, ele se desmorona. Então Maca finalmente bate a foto, olha o resultado e dispara: *que cara de cu, mano, sorria um pouco,* e dá uma gargalhada de gozação. Não sei se o que me incomoda mais é que ela me chame de mano, típica representante patricinha do bairro, sua risada debochada ou toda essa demora. Nem respondo, não quero polêmicas, só quero curtir a tarde, o jardim, o sol, o vinho rosé e o pino que tenho guardado no bolso. Me aproximo do fogo para ver como andam as pizzas e aproveito também para encher minha taça. A loira, rodeada de outras da sua tribo, me chama para junto delas, porque estava lhes contando o episódio com o Renault Megane como se fosse a estória mais engraçada do mundo. Quando termina dá uma risada hiperaguda e conta outra vez o final. Eu repito o meu falso sorriso apesar de que o relato e a narradora não me causarem nenhuma graça. A loira conclui dizendo: *esse é o cara mais bacana do mundo, meninas!* Eu quero esquartejá-la, porém me contenho, sorrio e tomo uma boa dose de vinho enquanto penso se já não é hora de voltar a fazer uma expedição ao banheiro. Toca meu celular e eu aproveito para me afastar um pouco do grupo. Olho a tela e aparece número desconhecido. Odeio as chamadas não identificadas, mas, ao mesmo tempo, me dá muita curiosidade de saber quem é, especialmente quando estou ligado. Atendo e ninguém responde. Logo depois, volta a tocar. Desta vez, escuto a voz de Marina, que me cumprimenta e diz, *quanto tempo*. Marina é a grande filha da puta da minha ex-namorada.

Pergunta se pode dar uma passada para ver a Jackie, dizendo que está muito emocionada com a sua gravidez e quer vê-la antes do bebê nascer. Começa a falar das suas lembranças de quando estivemos em Punta del Este, de que sente muita falta do "meu pessoal" – assim ela gosta de chamar o meu grupo de amigos – blá blá blá, etcetera. Lógico que eu não acredito em nem uma sílaba do que ela fala e interrompo a sua falsa nostalgia dizendo que sim, que venha e que se demorar muito talvez a gente nem se encontre, porque estou indo daqui a pouco. Então começa o mimimi: *se você não quiser me ver, não vou, se te incomoda, são seus amigos e não quero me intrometer, blá blá blá, etcetera.* Digo que faça o que quiser, me despeço e desligo. Ela liga outra vez, um pouco mais nervosa. Pede desculpas, que está meio alterada, que gosta muito de mim, que tinha vontade de vir, mas não sabia se seria "bom para os dois". Odeio esse recurso que as mulheres têm de pretender pensar pelo casal – ou ex-casal, neste caso – como zelando por algo que não existe mais. Estivemos dois anos juntos e a verdade é que não foi grande coisa, a maior parte do tempo eu passei pensando que estava perdendo o meu tempo, que havia coisas muito mais divertidas do que namorar e transar sempre com a mesma pessoa – modo de dizer, porque nos últimos tempos fazíamos de vez em quando – e que minha vida de merda daria para muito mais que aquilo. Marina é um pouco depressiva e além do mais, padece de uma coisa que eu também tenho que vem a ser uma insatisfação crônica, uma sensação de que lá fora sempre há algo melhor do que temos no momento, uma espécie de festa que estamos perdendo. Essa autoexigência, somada a certas incompatibilidades de cama e de caráter, fizeram com que tudo acabasse de um dia para o outro, quando ela fez um grande favor e decidiu me deixar, porque eu estava paralisado e talvez nunca tivesse tomada essa iniciativa. O problema foi que a partir daí ela montou um drama eterno, sempre saudosa de algo que antes lhe parecia uma droga, idealizando tudo completamente. E no meio de tudo, ainda transou com um dos meus melhores amigos. Marina continua falando e eu praticamente não a escuto. Enquanto ela fala alguma coisa de um tal Daniel, eu passeio meu olhar pelo jardim e sobre as pessoas que tomam rosé ao redor da piscina. Qualquer um diria que só tem gente bonita e interessante, ainda que para mim tal cena pareça pouco glamorosa e bastante patética. Marina volta a falar do Daniel, um idiota com quem ela está saindo atualmente, dizendo que ele não é como eu e mais um monte de coisas que eu tenho e ele não, blá blá blá, etcetera. Eu penso que é impossível que alguém chamado Daniel tenha alguma relação comigo, mas me calo. Odeio o nome Daniel, já achava horrível antes mesmo de ouvir falar desse aí. Ponho o celular em *mute* e digo que odeio o nome Daniel. Ela não escuta, lógico. Repito mais alto ainda porque acho incrível esta função do meu celular, mas os que escutam são uns caras que estão perto de mim, então decido baixar a voz. Rio sozinho me divertindo com a situação e inspiro fundo. Sinto uma chicotada ácida que vai do meu nariz até o centro da cabeça e digo ao *mute*: *que bom produto vende esse peruano, estou cheirando a do Maradona, gata, que Daniel que nada*. E desligo outra vez o celular.

Nacho me abraça e me dá um tapa nas costas enquanto deixa sair a fumaça que prendia no seu pulmão. Quando se afasta, estende a mão direita e oferece o baseado que até então eu não havia percebido. Pego com dois dedos e o aproximo do nariz para sentir o cheiro. É da boa, com certeza, caseira. Sorrio. *Esta é da sua horta*, digo. Nacho confirma, como sempre quando me oferece um dos seus baseados. Faz anos que fuma exclusivamente os da sua horta. Nacho é designer publicitário, mas todos nós sabemos que a única coisa que ele faz é montar algumas campanhas bem básicas vinculadas aos negócios imobiliários do seu velho e dos amigos dele. Fuma maconha o dia inteiro e de vez em quando finge que escuta a sua estúpida namorada adolescente que, por sorte, parece não ter vindo. Nacho enxerga com um só olho, o outro ele tem de enfeite. Faz alguns anos, ele foi atingido por uma bolada jogando *paint ball*, um dos jogos mais idiotas do mundo. Porque há que ser um idiota para pagar para atirar e levar tiros dos amigos, manchar a roupa toda, sentir dores e além disso, arrancarem os olhos alheios. A partir do episódio de Nacho, o jogo passou a causar certa repulsa a esses riquinhos que vão brincar de guerra. Nacho me olha com seu olho bom e pergunta como ficou o anúncio dele na minha revista. Digo que ainda está na gráfica, mas que acho que ficou muito bom. O anúncio pelo qual pergunta é um de *real estate* da construtora do seu pai, que ele desenhou. A revista na qual ele vai aparecer é uma publicação especializada em "businees&corporate", que é do que eu vivo e também tem a ver com o meu velho, que é o verdadeiro dono de tudo. Essa revista mantém parte do meu nível de vida – o resto é por conta dele também – me garante uma boa grana para comprar as porcarias, me entretém e não demanda muito esforço. Nacho me fala de não sei que campanha, de não sei qual cliente e eu ponho *off*, enquanto escuto que ao fundo está tocando *Let it bleed*, penso que daqui a pouco vou dar outro tiro ou que talvez já poderia ir indo, quem sabe com a loira besta. Meu celular torna a tocar e deve ser Marina outra vez, de modo que não atendo, mas aproveito o toque da chamada para me livrar da conversa chata do Nacho, não sem antes dar outra bola na ervinha da sua horta.

A erva que fumei é da boa, mas puxou meu astral um pouco para baixo. Eu que estava entrando em campo com a faixa de capitão estampada com as fotos de Dalma e Giannina,[2] de repente caí numa rede cheia de *dreadlocks*. Um sobe e desce mortal. Não quero dar voltas e, além disso, me preocupa o estado dos meus olhos que são muito sensíveis e logo se convertem em duas manchas de sangue. Vou ao banheiro para olhá-los no espelho. Estão bem vermelhos, mas não o bastante para alarmar-se. Pingo duas gotas de colírio em cada um, num primeiro momento ardem um pouco, mas depois é um prazer. Enquanto seco os olhos com a toalha de mão penso em dar outro tiro, mas de novo batem na porta. A mesma voz feminina e chata de agora há pouco pergunta se tem

---

2   Dalma e Giannina são filhas de Diego Maradona.

gente. Não respondo. Abro diretamente. Dou de cara com uma das amigas babacas da Jackie, que deve ter sido supergostosa tempos atrás, mas que agora está um pouco caída. Com voz de bêbada pergunta o que eu estava fazendo e se tenho um corretivo para curar o seu porre. Rio e passo meio de lado, mais perto do que o normal, colocando uma mão na sua cintura, sem responder. Esta mosca morta não é digna da farinha do peruano nem fodendo, penso. Quando chego ao jardim torno a sorrir, pensando que estou muito louco neste *baby shower* de merda.

Saem algumas pizzas e estão ótimas. Sebas aprendeu a cozinhar já adulto, mas tem uma boa mão. Provavelmente seja uma das poucas coisas que sabe fazer bem, pelo menos os invernos em Punta del Este deram algum resultado. Sebas foi morar em Punta del Este faz um tempão e não quer mais voltar para Buenos Aires, por isso toda vez que o vemos se nota que ele está um pouco entediado, como se estivesse puto de estar aqui. Jackie era amiga da irmã de Sebas e por isso o conhece desde menino, mas nunca tinham tido nada. O caso é que ela começou a surfar e a dar umas escapulidas a Punta del Este nos fins de semana. Eles se viam na água e às vezes no único bar aberto durante todo o ano, até que um belo dia transaram e ficaram juntos. E ela foi morar lá e ele gostou da ideia de não passar os invernos sozinho, além de ser uma ótima desculpa para voltar o mínimo possível a Buenos Aires. Só que Jackie é a mais insuportável de todas as mulheres e é preciso ter estômago forte com ela, principalmente agora que vai ter um filho e quer fazer todos os ultrassons em Buenos Aires. Sem falar do parto, porque, segundo ela, as clínicas de Punta del Este são uma droga. Quando veem a Buenos Aires, Sebas se dedica a embebedar-se e a drogar-se ao máximo e ela organiza *meetings* com as amigas, onde juntas criticam todo mundo, sem perdoar ninguém. São esses os seus passatempos. Enquanto mastigo um pedaço de pizza com rúcula e champignons, alguém pede um aplauso para o *pizzaiollo* e todos aplaudem e sorriem como se tratasse de um grande acontecimento. O eterno problema de um ambiente de gente rica: todos sorriem de qualquer bobagem e falam ao mesmo tempo, como se cada um fosse a coisa mais importante do universo. Para mim, tantos universos me cansam, o meu já me basta e me sobra e talvez por isso seja o único que não aplaude nem festeja a proposta. Depois do eco das risadas, escuto uma voz que pergunta: *você falou que não ficaria muito, não?* Enfoco e vejo a loira dos óculos floridos. Não me lembro de ter dito isso, mas digo que sim, que estou indo daqui a pouco. *Daqui a pouco, tipo quando?* – ela insiste. *Mais uma rodada e vamos*, e brindo com minha taça quase vazia de vinho rosé. Ela sorri aprovando estupidamente, sem saber que com mais uma rodada eu me refira a outra coisa.

No caminho de volta, a loira fala que tem um casamento na Igreja Santa Helena, na rua Seguí, perto da avenida Libertador e se eu posso deixá-la quando entrarmos pelo Monumento dos Espanhóis. Depois começa a contar dos namorados, cita vários sobrenomes tradicionalíssimos que eu sempre escuto a minha mãe mencionar e que a festa depois é no salão da Sociedade Rural e que vai ser muito boa. Digo que bom, que tomara que eles se divirtam muito e ela pergunta o que eu vou fazer. Respondo que não faço ideia, que me convidaram para um churrasco, mas estou muito cansado e que a única coisa que quero é chegar em casa e entrar um pouco no Facebook. *Se quiser me adicionar* – escuto, vou encontrá-la como Pipi, um apelido ridículo que até então ela não havia mencionado, e o sobrenome. Eu rio por dentro e sinto mais forte a carreira que cheirei antes de sairmos do *baby shower*, enquanto me pergunto por que todas essas patricinhas têm apelidos terminados em "i": Mili, Pati, Mari, Tati, Nati... Que bobagem. Entrando em Buenos Aires meu celular volta a tocar e outra vez não atendo. Vejo uma mensagem de Marina no WhatsApp. *Não vamos brigar, desculpa, se não quer me ver, não vou.* Suspiro e escrevo que já fui embora. A loira pergunta se eu estou bem e digo que sim, que é a insuportável da minha ex que gosta de me torturar. Começa então a me contar sua história com um garoto muito infantil e depois confessa que nunca se apaixonou, que algum dia gostaria de encontrar alguém, igual aconteceu com Jackie e Sebas e ter um filho. Eu penso em dizer a ela que a relação de Sebas e Jackie é um martírio, mas prefiro me calar. A conversa se torna insuportável, a loira parece fazer força para ir perdendo o pouco charme que lhe restava. Penso nela tomando chá com as amigas, todas falando de bebês e me dá um calafrio. Falo baixinho que os filhos são o de menos e ela parece não escutar e pergunta: *o quê?* Eu digo que nada, que como faço para chegar na *fucking* Igreja Santa Elena. Ela indica a direção e logo depois pergunta se eu não quero ir com ela. Digo que de jeito nenhum, que estou de bermuda e ela ri. *Me refiro se quer ir depois para a festa, sua anta*, acrescenta. Pensando que ela disse na mesma oração "me refiro" e "anta" faço um não com a cabeça, agradeço e recuso o convite. *Nos falamos pelo Facebook*, me despeço quando chegamos ao destino. Então ela desce e caminha com muita elegância enquanto eu olho as suas pernas.

CAPÍTULO

ESTOU NA PORTA DO TEQUILA conversando um pouco com O Galego, o musculoso da entrada que não é galego nem espanhol nem nada, mas é conhecido como O Galego. Pergunto pela academia, pelo boxe e essas coisas e o cara diz que vão muito bem, que está organizando uma luta para o ano que vem com o Mickey Rourke. *O ator,* esclarece. Respondo que sei quem é Mickey Rourke, mas pensava que ele tinha morrido. Ele explica que não, que ele morre é no filme *O lutador,* que na realidade está vivo e muito bem, que se recuperou das drogas. *Tá de volta,* diz. Eu não vi esse filme, o único que me lembro de haver visto é *O selvagem da motocicleta,* que me pareceu uma experiência em preto e branco desastrosa. De qualquer forma, digo *que bom* e completo que não sei onde o vi acabado, com a cara toda desfigurada e que entre a farinha e o boxe deve estar destruído e que é bom ter cuidado porque se o cara chega vivo para a luta, quem poderá matá-lo é ele. Rio da minha própria piada, mas O Galego me olha com um olhar fixo. E sério. Parece não ter achado muita graça ou talvez não tenha entendido. Coloco uma nota de cem dólares no seu bolso enquanto me pergunto quem mandou brincar com esse troglodita, cujo único assunto que entende é o boxe e a merda da sua academia. Quando vou passando pela porta aparece Alfred com três modelos e grita: *Alô, Johnny!* – como se estivesse falando ao telefone. Ele me apresenta às garotas, bastante comuns, apesar de muito gatas e quando vamos entrando aparecem dois idiotas que o cumprimentam em voz alta e pedem para que os ajudem a entrar. Alfred olha de canto de olho para a cara de estátua do Galego e para evitar uma "saia justa", faz-se olimpicamente de bobo, sorri, os cumprimenta e ruma para dentro, agarrando a mim e a uma das garotas pelo braço. Entramos numa semiescuridão e eu percebo uma vez mais que várias coisas mudaram de lugar. O dono do Tequila é um sujeito feio, porém muito habilidoso e com um gosto bastante aceitável no quesito decoração. O que em qualquer outro lugar seria exagerado, no Tequila quase sempre se encaixa à perfeição, por mais rococó que pareça. Além do mais, o espaço está muito bem distribuído, os *drinks* são excelentes, a música é perfeita e todas as pessoas são esteticamente bonitas. Até mesmo as pessoas comuns, como as garotas que nos acompanham. O único defeito do Tequila são os banheiros, muito pequenos para cheirar com tranquilidade, as garçonetes, que no afã de pressionar as pessoas para que consumam mais, não distinguem os bons clientes dos ruins e também o fato de deixarem entrar alguns diretores de televisão e jogadores de futebol. A música que está tocando é um ótimo *remix* de *Satellite of love*, do Lou Reed, e eu me animo. As quatro carreiras que mandei para dentro antes de entrar começam a fazer efeito e eu sinto que se existe a felicidade, é isto. Faz tempo que não cheiro nos banheiros – muito menos nos deste lugar – porque me sinto mal com a falta de conforto. Não estar tranquilo neste momento de tanto prazer me parece insuportável. Eu me garanto o máximo que posso antes de entrar, e se fico sem combustível no meio da noite vou ao carro e dou um tiro extra. Alfred, que esta noite parece estar mais travado do que eu, dá um grito de guerra dando as boas-vindas e me convida para sentar em uma mesa com o chefão de uma fábrica de carros, um ex embaixador e o dono de uma agência de modelos, aos quais me apresenta um por um, apesar de já ter me apresentado ao último minutos atrás. Alfred é um mestre das relações públicas, ainda que sempre se revele um fajuto, como Isidoro Cañones.[3] Todos são loucos por ele, é o camarada mais simpático e bajulador da noite de Buenos Aires, mas ninguém lhe dá muito crédito. No fundo, é um malandro e cedo ou tarde todos percebem isso, porque ele é vacilão também, uma espécie de velhaco

---

3   Personagem argentino de história em quadrinhos que reflete o típico *playboy*.

de pouco peso. Para mim, é um talento desperdiçado, um diamante bruto. Tem um dom que se tivesse sido bem utilizado teria feito dele o maior *playboy* de sua época. Alfred é engraçado, culto, de boa família, elegante, divertido, refinado, mas não é suficientemente inteligente para poder usufruir cem por cento de todas essas virtudes. Cheira muita cocaína há muitos anos e às vezes embarca numa *bad trip* e não pode disfarçar a sua soberba de eterno adolescente metido a rico que tem de se misturar com a gentalha para poder manter o seu nível de vida. Alfred fantasia quase o tempo todo com negócios impossíveis e durante algum tempo convence os seus admiradores mais incautos, os mesmos que após descobrirem a sua verdadeira face correm dele como do diabo da cruz. Falo com autoridade porque eu fui um desses, tempos atrás. Assim que o conhece ele conquista você, seduzindo igualmente a homens e mulheres com seu humor refinado e seu discurso repleto de palavras estrangeiras. Alfred é internacional, conhece as mulheres mais lindas, entra nos melhores lugares pela porta da frente e vai embora antes da festa esfriar, sempre. Jamais abre a carteira porque nunca paga, não se mostra em público beijando a boca de alguma deusa de seu séquito sem fim, não pede carona de volta e nem suplica por uma carreira da branca. Faz-se de santo sempre que pode, te apresenta as pessoas mais interessantes como se fosse o dono do mundo, divide com você os *drinks* que ganhou e conta as aventuras mais inverossímeis, que no caso dele são quase sempre reais. Alfred jura que deu a volta olímpica no Estádio Azteca com Maradona aos ombros na copa de 86, você consegue o jornal da época e lá está ele na foto. Alfred conta que saiu na revista Hola[4] em uma reportagem intitulada "O último playboy", você vê a revista e aí está a reportagem. Alfred conta que namorou a safada mais gata da Argentina no auge da sua beleza, você faz uma busca no Google e encontra as fotos. Alfred faz propaganda de sua amizade com a artista plástica mais top e o político mais promissor nas próximas eleições e quando você vai ao seu aniversário lá estão

---

4 Revista argentina dedicada a cobrir o cotidiano das celebridades.

eles, brindando e dando-lhe presentes. Alfred nunca mente sobre o seu passado, mas sim sobre o seu futuro e possivelmente esse é o seu maior problema. Na hora de vender o seu próximo *business* começa a viajar e viajar e aí fica difícil acreditar nele. Os iludidos que caem na sua armadilha após escutarem a sua impecável lista de aventuras se desiludem em pouco tempo já que o tanque de gasolina do cara acaba rápido, sua autonomia de voo é muito curta. O que é uma pena porque é um verdadeiro talento, mas vá fazê-lo entender isso aos 60 anos, depois de ter cheirado uma montanha de pó ao longo da vida e de ter caído na farra, em Paris, com Cristopher Lambert e, em Ibiza, com um genro dos reis da Espanha. Impossível. Esta noite se divide entre a nossa mesa e uma outra de uns petroleiros árabes, que estão patrocinando suas últimas loucuras. Hoje ele está mais animado do que nunca. Trato de interagir o mínimo possível com os meus companheiros de mesa. Eles estão tomando champanhe Cristal e me oferecem uma taça, mas eu digo *não, obrigado*, e quando vem a garçonete peço uma caipivodka de maracujá, porque se estou muito travado prefiro começar com vodka e depois passar para o espumante. Enquanto espero o meu pedido, o imprestável da agência de modelos, de calças brancas, lenço rosa no pescoço e o cabelo todo penteado para trás, fala dos próximos eventos em que levará as suas garotas e que, claro, estamos todos convidados. Fala dessas mulheres como se fossem cabeças de gado: *vou com quinze para lá, me pediram doze para não sei onde e vinte para tal lugar.* O da fábrica de carros conta que eles vão lançar o último modelo ultra turbo *power* num restaurante em Puerto Madero, como se Puerto Madero fosse o *point* mais *top* da cidade e quando torce a munheca para pegar a sua taça deixa aparecer as mangas de sua camisa bicolor e umas abotoaduras douradas, que são uma verdadeira chicotada nos olhos. O ex embaixador, o único da mesa de sobrenome tradicional e de boa família, fala pouco e bebe muito. Parece mergulhado em seus pensamentos, ao mesmo tempo em que não perde a oportunidade de lançar olhares libidinosos às jovens pernas que nos acompanham. Me pergunto quantos copos mais serão necessários para que ele se converta em um velho babão. E me pergunto também qual dessas aspirantes a modelo ele levará para a sua casa no Bairro Parque esta noite. Escuto que Fabrizio, assim se chama o agente de modelos, comenta com o fabricante de carros que não sei o nome, que comprou um Audi A não sei das quantas e eu não posso acreditar que estou numa noite de sábado entre esses novos ricos, compartilhando as vantagens e benefícios do carro mais brega que existe na praça. Digo ironicamente que prefiro o Mini Cooper, pego minha caipi que a garçonete acabou de deixar na mesa e me levanto com a desculpa de procurar uns amigos. Vou escutando a música que diz *"and tonight's gonna be a good night, and tonight's gonna be a good night"*, e espero que assim seja.

Paro na beira da pista sobre a escadaria, que, para mim, é o melhor lugar para se ter uma visão panorâmica de tudo o que acontece. Uma das coisas que eu gosto no Tequila é que você pode ter um domínio total e em tempo real de tudo o que está se passando. Posso ver os bobões encurralados no mini espaço VIP – a meu ver, o setor menos feliz do local – as aspirantes a modelo que dançam em grupo no meio da pista e os jogadores de polo que passeiam como moscas ao redor, os alcoólatras prostrados sobre o balcão, os dançarinos de fim de semana por todos os lados, bêbados e mumificados, os estrangeiros gastando dinheiro e Alfred, que vai e vem sem descanso. Apoiada em uma das caixas de som vejo Rochi, uma amiga de Marina que eu sempre quis pegar. Chego de mansinho dando a volta na pista e protegendo meu copo para que nenhum infeliz me derrame bebida e toco com a mão suas costas nuas, que deixam transparecer o decote. Ela vira para trás, ri com vontade e me abraça, meio bêbada. Quando começo a pensar que talvez esta seja minha noite de sorte, diz que Marina veio com ela e que está na área VIP, se por acaso eu quiser ir cumprimentá-la. Digo que sim, que vou em seguida e me despeço. Vou para o extremo oposto do lugar rezando para que Marina não me veja, pelo menos por enquanto e pensando porque fico tarado nessa Rochi, se ela nem é tão gostosa assim. Respondo, pensando que ultimamente a única coisa que me excita é o fetiche, somente isso. E repito na minha cabeça: a única coisa que me excita é o fetiche? Concluo que estou muito travado e que minha caipivodka está perfeita, mas inclino o copo e encontro somente gelos no fundo. Mastigando-os, vou até o balcão para pedir outra. Mas o balcão está impossível, então chamo a garçonete que passa ao lado com uma bandeja cheia enquanto diz: *volto já e anoto o seu pedido*. Um pouco agachado para não fazer contato visual com Marina, opto por voltar à espantosa mesa que Alfred me arrumou e começo a pensar que essa, na realidade, talvez não seja a minha noite. Peço outro *drink* para nossa garçonete e vejo que agora falam do clube do milhão, algo assim como um lugar imaginário aonde eles vão amontoando todas as coisas que valem mais de seis dígitos. Falam de casas, carros, joias e iates como se fossem pirulitos e isso me parece mais divertido, sobretudo vendo as caras de idiotas que põem as pobres garotas sentadas ao redor, cada vez mais insinuantes com qualquer um dos ocupantes da mesa. Quando me sento e digo que sou membro do clube do milhão, o vendedor de carros pergunta como assim, surpreendido. Conto do carro que tenho e de onde moro e ele ri, amigavelmente. Diz que agora entende, mas que eles falam de produtos, que o clube do milhão é integrado somente por produtos que valem mais de seis dígitos, que esse é o ponto em comum, que não há membros físicos somente por serem proprietários. Eu tenho vontade de quebrar o copo na sua testa e de dizer que não me importa o critério usado, que se eu junto mais de dois milhões é porque posso ser vitalício no seu clubinho de merda e que meu carro vale o triplo que qualquer uma das carroças nacionais que ele fabrica, mas prefiro não armar um barraco e fico calado e tranquilo. No entanto, escuto a voz do diplomata que me defende e explica que, sociologicamente, seria muito interessante transportar essa questão da comunhão produtiva para uma espécie de camaradagem interativa e enquanto diz isso – que quase ninguém entende e nem se anima a debater – olha para os peitos da morena sentada a seu lado, que por sua vez olha para ele com admiração, porém nos olhos. Eu me ponho a imaginar o quanto esse velho deve ter trepado na vida com a lábia que tem.

PÚ

Por um momento, não posso deixar de admirá-lo, ainda que sinta um pouco de pena também, porque deve ser constrangedor para ele acordar ao lado de uma garota tão ordinária, sendo ele um sujeito tão sábio, se é que não a manda embora antes ou, quem sabe, nem se importe. Nesse caso, penso, ele seria mais merecedor de desprezo que de pena ou admiração, aquilo de dar pérolas aos porcos. O que tenho certeza é que o sujeito vai continuar colocando o pau onde for, até quando o viagra permitir. Quando chega minha nova caipivodka, deixo o canudo no copo e aspiro forte como se estivesse cheirando outra carreira. A sensação é satisfatória, tudo sobe no meu organismo e eu deixo para trás a viagem um tanto depressiva na qual havia mergulhado. A garota que está ao meu lado começa a conversar comigo e pela primeira vez presto atenção nela. Tem o cabelo castanho escuro, com um ondulado entre despretensioso e calculado e uma cara estranha, interessante, porém brusca, que com algumas expressões adquire intensidade e com outras se assemelha a um pássaro assustado. Contudo, escuto o que diz. Pergunta se eu a conheço, que ela é atriz. Respondo que não e pergunto onde atua. Ela insiste e fala, *qual é, hein Telefé*[5] e eu explico que não vejo televisão, o que a desconcerta um pouco. Nota-se que não está acostumada a não ser reconhecida e ser obrigada a falar de outra coisa que não seja dela mesma. Mas esta aqui, sinceramente, não conheço. Tenho vontade de dizer a ela que as atrizes me dão um pouco de tédio e que também não entendo as pessoas que trabalham fingindo serem outras, quando já é bastante difícil aprender a ser quem somos. Outra vez escolho me calar e, no mesmo instante, chega uma mensagem no WhatsApp. É Marina e diz: *te vi*. Penso em não responder, mas não resisto e escrevo: *"juntabas margaritas del mantel"*.[6] Ela responde em seguida: *bobão, te vi conversando com essa putinha de* Atados *sempre*.[7] Então, rio um pouco, levanto a vista e falo para a garota: *me desculpe, é um amigo chapado perguntando como está*

---

5   Canal argentino de televisão.
6   Assim começa uma conhecida música do cantor e compositor argentino Fito Páez, *Un vestido y un amor*.
7   Programa do canal argentino Telefé.

isto aqui e acrescento: *opa, acho que te reconheci. Você é a de* Atados *para sempre?* A garota parece haver recuperado a alma e enquanto sorri meio bravinha, responde: *sim, eu sabia que você já tinha me visto, mas é* Atados sempre, *não "para sempre". Isso,* digo, *quer tomar alguma coisa?* – e ela diz que já tem sua bebida e não me dá mais atenção.

CAPÍTULO 3

ESTOU EM CASA COM A ROCHI. Nos encontramos no Facebook, ela meio bêbada, como sempre, me contando que havia brigado com o cara com quem estava saindo nos últimos tempos. E o mais importante, que brigou feio com Marina. Disse que por que não vinha para minha casa fazer alguma coisa e ela veio. Acabamos de tomar as duas garrafas de Dom Perignón que eu mantinha guardadas desde o ano passado. Achei que seria uma boa ocasião para colocá-las sobre a mesa. A acidez deste senhor champanhe francês é mais pronunciada, fica rebatendo no estômago de forma prazerosa. Deixa também um gostinho cítrico e defumado na boca, o que é muito bom. Chega, não vou bancar o *sommelier*. Odeio os *sommeliers*, esses pretensiosos que dão uma de *rock stars* e ganham dinheiro avaliando a bebida que outros produzem.

Rochi é loira escura meio acinzentada, baixinha, com cara de menina. O melhor que tem são dois peitos impressionantes, até desproporcionais para o que é o resto do corpo, mas muito tentadores. O pior é o nariz, que tem um orifício menor do que o outro, como se tivesse ficado pregado com catarro igual criança resfriada, um nojo. Também não tem uma bunda gostosa, mas é magrinha e isso é bom, porque, senão, ela ia parecer uma rolha, considerando a sua altura. Veio com uma calça roxa justa e uma camisa solta que deixa um ombro à mostra fazendo os peitos saltarem, num movimento que eu não consigo parar de olhar. Provavelmente ela já tenha notado, o que não me importa nem um pouco, por algum motivo está aqui na minha casa, meio bebum. Já conversamos e rimos e nos embebedamos. Agora ela olha para um ponto fixo no teto, com o olhar distante. Talvez seja o momento de avançar. Sento-me mais perto, na mesma poltrona onde ela está e seguro os seus pés. Faz um tempo que tirou os sapatos e os jogou aí, no chão. Toco os dedos suavemente e começo a subir um pouco, através de uma das meias até encontrar a pele. Ela fecha os olhos e suspira e, enquanto eu continuo acariciando, ele começa a ficar duro. Adoro pensar em todas as coisas que eu posso chegar a fazer com a amiga da minha ex. Então ela abre os olhos, me olha fixamente e diz: *Johnny, quero que me coma por trás*.

    Acordo e vejo que tem uma manchinha de sangue nos lençóis. Decido trocá-los, incluindo as fronhas dos travesseiros. Junto tudo e jogo a trouxa no cesto de roupa suja. Como não entra bem, empurro um pouco com os pés. Depois vou para o banheiro e me olho no espelho. Tenho uma cara péssima. Tomo um remédio para ressaca. Arroto muitas vezes com força para expulsar toda a merda e tusso cuspindo uma coisa preta, o que me faz lembrar que à noite fumei vários cigarros. Faz um tempo que parei de fumar, mas ontem me deu vontade. Na verdade, odeio cigarro, principalmente, no dia seguinte, agora. Seguro minha cabeça e sinto uma dor na altura da testa, um pouco mais para o lado. Penso em tomar um ansiolítico e me esquecer de tudo, mas acabo de mandar para dentro dois remédios diferentes e não quero terminar como Jim Morrison, caído na banheira. Além do mais, supõe-se que hoje tenho de trabalhar ao menos o mínimo indispensável. Odeio trabalhar. Vou à geladeira e me sirvo um copo de suco de tomate bem frio, ideal para a ressaca. Desce bem pela minha garganta. Como um pedaço de queijo *brie*, que nunca falta entre as provisões que Betty compra, e me dirijo paro o escritório. Passo na sala e olho pela janela, através da neblina, os veleiros que desfilam sobre o rio, numa imponente colagem visual. Mais atrás, vejo um barco petroleiro e outro que parece uma balsa. Procuro um ângulo ideal para colocá-los em fila, como se estivessem a ponto de se chocarem, de colidir como os carrinhos tromba-tromba do Italpark[8] e depois afundarem. Que legal se isso acontecesse, pelo menos por um momento seria a desculpa perfeita para não ter que editar o próximo

---

8   Popular parque de diversões de Buenos Aires, fechado em 1990.

número da revista. Mas, lamentavelmente, não se chocam. Nem chegam perto. Este parece ser um dia isento de qualquer tipo de emoção. Entro no escritório, que está impecável e me sento em frente ao computador recentemente lustrado por Betty. Abro o Facebook e o Twitter e começo a ver o que acontece nesta merda de cidade e no seu entorno, com a desculpa de não começar a trabalhar. Nada de novo, nada destacável, além de fotos de ultrassons, férias, crianças felizes e da morte de algum pseudofamoso, que todos lamentam e dizem terem estado com ele alguma vez. Facebook, a rede social da alegria imposta e da hiperexposição. Twitter, a da morte anunciada. Abro meu bloco de notas e começo a escrever algumas ideias para a próxima capa, mas nenhuma me convence. Odeio criar capas. Qualquer dia desses vou mandar tudo à merda e publicar uma capa ultradescarada, esculachando todos os homens de negócios, ou os meus pais, ou contando que estou comendo o cu da amiga da minha ex. É provável que seja minha última capa, mas sei também que vou me sentir livre e que até poderia ter fortes motivos para me jogar dessa porcaria de prédio e de cair, como caíam os bonecos das Torres Gêmeas pela televisão. Quem sabe poderiam até me dar um reconhecimento *post mortem* nesse dia, destacando que fui um transgressor à vanguarda do jornalismo de marketing e negócios. Coloco salvar alterações e rio enquanto penso em todos esses esnobes que no começo só mandavam os anúncios de suas empresazinhas baratas para puxar o saco do meu pai, mas agora adoram estar expostos na banca de revistas que fica em frente ao imponente Hotel Alvear. Minha revista custa 800 pesos e quase não é vendida ao público, a pessoa a recebe como única, ou seja, exclusividade total. Na verdade, não se importam se a revista lhes chega ou não, o que querem é estar aí, pendurados na banca, ao estilo francês. Fazer propaganda na minha revista é caro, mas não impossível. Muitos efetuam parte do pagamento com permuta de mercadoria, mas o meu dinheiro chega todo de uma vez, sem desconto, através do contador do meu pai que quantifica os valores e me manda *in cash*. Vivo disso e bastante bem, admito. Volto a experimentar no *pagemaker* e consigo um título bastante digno, coloco *save changes* e *close* e mando por e-mail ao redator para que ele dê um arremate final. Vou para o Facebook e começo a navegar pelos perfis de todas as mulheres que colocam as fotos dos seus bebês. Odeio fotos de bebês no Facebook. Na verdade, odeio bebês. Mas fico louco com as grávidas, pelo fetiche. Encontro algumas boas fotos, todas orgulhosas exibindo suas barrigas e fico com tesão. Me toco bem devagar até ele ficar como um tronco e, no final, certificando-me que Betty não está dando voltas pela casa, vou correndo para o banheiro para despejar tudo no vaso sanitário. Fico um pouco tonto e por um momento a ressaca volta enquanto gozo, até que um longo arrepio me traz de volta à realidade. Me limpo e penso que é muito melhor trepar consigo mesmo do que comer o cu de uma babaca qualquer. Depois volto ao computador e finalmente começo a trabalhar com as matérias da revista.

Atendo o telefone e é minha mãe. Está bêbada. Percebo porque a língua dela faz como um *looping* quando ela fala. Pergunta como estou e digo que estou bem. Pergunta se não vou perguntar como ela está. Pergunto e ela diz que está bem. Ficamos os dois em silêncio. Ela o rompe e fala que ontem à noite ganhou um torneio de *bridge*. Dou os parabéns e ela agradece. Pergunta pelo meu irmão e respondo que não tenho nem ideia, que faz muito tempo que não falo com ele e ela diz que está um pouco preocupada porque parece que ele está bebendo muito e que a mulher outra vez o expulsou de casa. *Que coisa*, digo. Ela continua com o seu monólogo até que termina com um: *obrigada por me escutar, filhote* e eu não respondo. Sempre me chama de filhote. Odeio que me chame de filhote. No final, pergunta se meu irmão e eu estamos brigados e eu respondo que acho que não e então ela diz: *ah bom*, se despede e desliga. Vou à cozinha para ver o que Betty deixou para eu comer e vejo um *post it* pregado na geladeira que diz: *deixei a comida no micro-ondas*. Betty sempre deixa a comida preparada em pequenas porções ou pratos individuais porque sabe que odeio me servir e sujar muitas coisas, mesmo sendo ela que acabe lavando tudo depois. Também sabe que sempre – exceto quando estou muito ligado – termino o prato e que de vez em quando eu como muito, mas sabe também que não gosto que isso aconteça porque tenho pânico de engordar. Odeio os gordos. Pelo fato de serem antiestéticos, porque eles peidam muito e porque andam sempre com as pernas abertas para não assarem. Um nojo. Ligo o micro-ondas no automático, mas depois me dá curiosidade e abro a porta para ver o que é. Betty deixou um prato de massa que parece ser lasanha ou crepe, provavelmente de espinafre, porque reluz algo verde através da massa, mas não tenho certeza. Tem uma boa cara e eu estou com fome, de modo que o coloco outra vez para esquentar. Depois pego um vinho, ao acaso. Tanto faz, pois todos os que tenho são bons. Abro o vinho e o deixo respirar enquanto a comida esquenta e então pego uma taça de cristal no minibar. Quando escuto o apito do micro-ondas, retiro o prato, sirvo o vinho e sinto o *bouquet*. Começo a comer e parece que é alho-poró e está maravilhoso, como quase tudo o que Betty prepara. Tomo o vinho, que também está maravilhoso. Quando acabo de comer e de tomar mais da metade da garrafa o telefone volta a tocar, mas desta vez não atendo. Eu me pergunto se não será minha mãe outra vez ou quem sabe meu irmão, com quem não sei se estou brigado, ou Marina, ou sua amiga Rochi. Finalmente para de tocar e eu me sirvo o resto do vinho.

Acordo com o som de uma mensagem no celular. Não sei que horas são, mas me aborrece que tenham me acordado. Odeio que me acordem. Olho a mensagem e é papai que pede para almoçarmos juntos hoje. Penso se será fim de semana. Pergunto-me se finalmente aprendeu a usar o WhatsApp ou se sua namoradinha o ajudou. Olho o dia no calendário do celular e vejo que hoje é terça feira. E também que é seu aniversário. Apago da mente a mensagem que eu pensava escrever dizendo que não poderia e escrevo *ok*, a que horas e onde. Diz para nos encontrarmos no Clube Francés, na sua mesa de sempre.

Chego um pouco tarde e papai está sentado na mesma mesa dos últimos vinte anos com dois sócios, os de sempre. Faz um sinal para que eu me aproxime e me apresenta a eles pela milésima vez. Cumprimento-os amavelmente e sem vontade, eles falam como eu cresci e um deles se levanta para me ceder o assento. Enquanto me acomodo, o outro acaba de falar alguma coisa para o meu velho e também se levanta para nos deixar a sós. *Tudo bem?* – pergunta papai e em seguida acrescenta: *você está muito magro*. Ele está elegante como sempre, impecável, com um desses ternos que se mandam fazer à medida e uma camisa Brooks Brothers, ainda que arrematada com uma gravata Hermés colorida demais, seguramente influência da aproveitadora que mora com ele. Eu dou os parabéns e pergunto se está precisando de alguma coisa em especial para lhe dar de presente. Ele diz para eu não gastar dinheiro à toa e pergunta pelo meu irmão. Respondo que faz tempo que não o vejo e ele quer saber se estamos brigados, então repito que acho que não, embora esteja cada vez menos seguro disso. Ele olha para mim desconfiado e pergunta em voz alta: *continua bebendo?* Eu não digo nada e ele sozinho responde: *também pudera, com a influência da sua mãe*. Depois começa a falar de Pía, de seu marido, dos meninos e por aí vai. Pía é minha irmã, o marido, meu cunhado, e os meninos meus sobrinhos. Papai me recrimina porque eu nunca vou visitá-los, que eles gostam muito de mim e que adorariam me ver, que por que não vou ao sítio um fim de semana desses, que sempre tem um quarto disponível para mim. E que, além disso, Mery gostaria muito que eu fosse também e eu sei que isso é mentira, pois Mery e eu nos professamos um ódio mútuo e correspondido. Mery é a jovem caça-níqueis que mora com o meu velho, tem um ano a menos que eu e é gostosíssima, mas uma ordinária daquelas, uma oportunista. Ele diz que ela o faz sentir-se jovem e a moça aproveita e esvazia a sua carteira e, de vez em quando, o presenteia com uma gravata Hermés, brilhante em demasia. É a sua carteira e o seu dinheiro, resumindo, e eu não me preocupo muito. Papai jura que nunca vai nos faltar nada e nisso tem razão. E aos nossos filhos e netos também não, a não ser que joguemos dinheiro fora de hoje até a eternidade, mas é pouco provável que possamos gastar tudo, mesmo com a incalculável ajuda de Mery. Nós quase não nos falamos, o mínimo indispensável e eu tento não chegar muito perto dela, é uma megera e em qualquer momento pode me colocar numa fria. Por isso, quase nunca vou ao sítio, salvo quando não tenho escapatória. Ainda por cima, lá não tem sinal de internet. Nem televisão tem. Porque não querem, lógico, pois assim o ambiente fica mais rústico e isso faz com que eles se sintam mais tradicionais. A casa fica no município de San Miguel de Monte e para o meu velho, minha irmã e meus sobrinhos é uma espécie de o seu lugar no mundo. Plantam roseiras, andam a cavalo, jogam tênis, fazem doces caseiros, jogam cartas, tocam violão e cantam. Brincam de família Ingalls[9] quase todos os fins de semana. Parece que Pía e o inútil do marido viraram amigos íntimos de Mery, assim todos felizes e contentes. Eu prefiro ficar longe porque não acredito no conto da família feliz e acho tudo um tédio. Às vezes, no verão, vou curtir a piscina, mas impossível parar de olhar para a bunda de Mery de biquíni e não imaginar como seria enfiar meu pau nela. Nos últimos tempos parei de ir durante o verão também, porque se o meu velho me vê despindo a sua namoradinha com o olhar me corta a mesada para sempre. E como não está nos meus planos ser deserdado, prefiro me esquivar do convite com um: *claro, vou me organizar e te aviso para irmos juntos um fim de semana qualquer.* Papai percebe que não vou e sorri. *Obrigado por não ser descortês*, acrescenta com seu modo e léxico de cavalheiro inglês. Chama o Manuel, o eterno garçom do Clube Francés e pede a comida para nós dois e duas taças de vinho, sem me consultar em nada. Depois pergunta como anda a revista e como vão as coisas com Marina. Respondo que me separei de Marina há quase dois anos e ele diz que já sabia, mas acha que eu não me desgrudo nunca dessa garota, enquanto sorri procurando uma cumplicidade que não encontra. O resto do almoço ele preenche falando dos seus negócios, dos seus investimentos, da sua empresa, da bolsa, da merda de governo de esquerda que temos, de Mery que é ótima, de tudo o que estão fazendo no sítio dele, de sua vida maravilhosa e de seu sucesso. Quando terminamos nosso bife de filé a la Clube Francés ele pega um charuto Cohiba e me convida para a área

---

9   Série televisiva norte-americana. No Brasil, *Os pioneiros.*

de fumantes. Eu agradeço e digo que estou tentando parar e ele diz *que bom* e pergunta se estou bem de saúde, se isso de parar de fumar engloba tudo e se estou me comportando bem. Nós dois sabemos do que ele fala sem que nenhum o mencione diretamente. Suspeito que Norberto o deve manter informado, então procuro as palavras apropriadas para lhe dar uma resposta satisfatória. Norberto é meu psicólogo e do meu irmão, a quem papai paga os honorários religiosamente todos os meses, apesar de que eu vou sem a menor vontade e quase não conto nada para ele, falo das minhas coisas só de vez em quando. Por fim, respondo: *tudo sob controle*. E ele: *assim espero*, mesmo que no fundo não acredite em mim, o que ambos sabemos e acabamos mudando de assunto. Então, ele me dá um abraço e me agradece por ter vindo e acrescenta que esta noite eles vão se encontrar na casa de Pía e que, claro, estou convidado. Digo que esta noite não posso e ele diz que já imaginava, por isso me convidou para almoçar e pergunta para si mesmo em voz alta se meu irmão poderá ir e eu olho para ele com cara de paisagem, sem dizer nada. Ele se despede de mim, dá a volta enquanto põe o Havano na boca, pega seu jornal *La Nación* que descansava sobre o canto da mesa, o coloca debaixo do braço e se afasta com seu passo de lorde inglês, lento e elegante.

CAPÍTULO 4

ESTOU NO BALCÃO DO L'AIBELLE. A loira aparece acompanhada de dois amigos gays aos quais me apresenta aos berros. É lógico que ela não sabe que odeio os gays. Há uns dias, me mandou uma mensagem no Facebook contando que estava "de anfitriã" nesse bar e que aqui eles serviam uns "*drinks* maravilhosos". Me chamou para conhecer o lugar, assim que aqui estou tomando um gim-tônica, não sei se maravilhoso, mas bom. Dá a impressão de que ela acha seus amiguinhos o máximo e desfila pelo lugar de braços dados com eles, rindo sem parar. Chama para fumar um baseado com eles na rua e eu digo que seria melhor irmos para minha casa, ficaríamos mais tranquilos. Ela diz que não pode, que tem de trabalhar. Assim chama o que está fazendo, porque, trabalhar mesmo, nunca trabalhou na vida. Digo que na rua não, *thanks*, que a espero aqui tomando outro gim porque o meu já acabou, e pergunto onde é o banheiro. Quando sai, sigo suas instruções e vou para o banheiro, me meto em um cubículo, tranco com chave, pego o papelzinho metalizado de dentro da carteira, abro e raspo uma montanhazinha branca com o canto de um dos meus cartões de crédito e a meto de um só tiro em um de meus orifícios nasais. Cai bem. Deixo o cubículo, me olho no espelho, certifico a ausência de rastros brancos incriminatórios e me dirijo para o balcão em busca de mais uma dose. O *barman* se confunde e me serve um gim de merda. Peço para trocar por outro e ele diz que para isso vou ter de pagar. Digo que tanto faz, que cobre os dois e dou o mesmo cartão de crédito que acabei de usar no banheiro. O sujeito me olha surpreso, como se o normal fosse que eu esbravejasse e brigasse com ele e com os seguranças, que certamente viriam em seu auxílio. Vai ao caixa e volta com o cartão e o *ticket*. Diz que cobrou apenas os dois primeiros, que o terceiro era cortesia da casa. Vá entender as pessoas. Tomo meu gim esperando para ver se a loira decide regressar e passar o resto da noite comigo ou vai continuar se fazendo de maravilhosa entre os gays, modelos e jogadores de polo de segunda divisão. Decido dar um tempo a ela até o final do meu gim. Toca o celular e é o meu irmão, o que sim, é uma novidade. Atendo, mas não escuto nada por causa da música e ainda por cima cai a ligação, pois neste sótão de merda não tem sinal. Ele volta a ligar e de novo cai a ligação. Chega um WhatsApp e é ele querendo saber por onde ando, porque precisa conversar com alguém. Pelo tipo de mensagem supermal escrita, vejo que está bêbado. Respondo que estou ocupado, que retorno em um instante. Termino o *drink* justamente quando a loira volta. Pergunto se vai me dar atenção ou se ela me fez vir aqui somente para encher o seu bar *freak*. "Bar *freak*", digo e parece que minha definição não lhe agrada muito, porque faz cara de ofendida. Grita que é o seu trabalho. Grita porque a música está muito alta, não porque esteja brava. De fato, abre um sorriso, vem para perto deixando que eu a abrace, pergunta se os *drinks* não estão maravilhosos e sussurra no meu ouvido que eu estou mais magro, mas muito gato. Digo que faço melhores gim-tônicas e que em casa tenho um gim inglês que não se consegue em Buenos Aires. Ela diz que não toma gim e que gosta apenas de rum e champanhe com Red Bull, nada mais. *Tenho uma caixa de champanhe francês em casa*, insisto, mas não tem jeito. A loira leva seu trabalhinho de merda muito a sério e repete que tem de ficar. Tenho vontade de dizer que o que ela ganha aqui em um ano eu poderia lhe dar agora mesmo, mas não me parece prudente fazer esse investimento neste estado e a esta hora da noite. Além do mais, amanhã vou querer me matar, certamente. Trago ela bem perto para sentir como apoia os peitinhos no meu peito e me despeço. Ela insiste para eu ficar um pouco mais, alegando que o lugar está "*a full*". Nem respondo. Dou-lhe um beijo, digo que conversamos no Facebook e vou embora. Ligo para o meu irmão para ver em que confusão ele está metido, mas ninguém atende. Vou para o estacionamento onde deixei o carro, pago a fatura e vou buscá-lo eu mesmo porque no lugar não tem *valet parking*, um desastre. Quando entro na minha X6 aproveito que estou longe da cabine e cheiro outra carreira. Toca o celular e é o besta do meu irmão. Desta vez atendo e o escuto perfeitamente. Diz que outra vez exagerou um pouco com sua mulher e que ela o pôs para fora de casa, que está me ligando porque não quer incomodar ninguém, como se a mim não estivesse incomodando. Sugiro que se quiser vá para minha casa, ele aceita na hora e eu me certifico que ele está completamente bêbado.

Chego super-rápido em casa, guardo o carro e quando subo o infeliz já está esperando no *hall* de entrada. Ele me cumprimenta e diz que o segurança o deixou entrar e pergunta por que estou tão magro. Tem um hálito violento de uísque. Quando entramos, pergunto se ele não quer curar o seu porre com um tirinho, mas o imbecil recusa e diz que não está cheirando porque lhe dá taquicardia e se assusta muito. E ainda mais agora que está mal de verdade, vai ser pior, vai ser o fundo do poço. Preparo uma carreira para mim e pergunto o que aconteceu e a que se refere com isso de que exagerou com sua mulher e ele diz que deu um pouco de porrada nela, como se fosse possível dar "um pouco" de porrada em alguém. Conta que nos últimos tempos eles não estavam bem, que não transavam muito e que ela passava o dia inteiro adicionando amigos no Facebook e quando ele voltava do golfe ela reduzia a tela de repente. Meu irmão joga golfe quase todos os dias, é um viciado. Eu odeio golfe. Diz então que ficou paranoico e começou a suspeitar de umas coisas. Que tentou entrar várias vezes na sua conta e não conseguiu, até que um dia ela descobriu e eles brigaram feio. Então ele aproveitou para interrogá-la para saber se ela estava saindo com alguém ou flertando pelo Facebook. Ela disse que isso não tinha nada a ver, mas ele insistiu até ela ficar quase louca e por fim admitiu que sim, falava com alguns caras *in box*, mas não tinha acontecido nada e que em todo caso o problema era dela se eles gostavam das suas fotos e falavam coisas bacanas que ele nunca falava, porque a única coisa que lhe importava era ir jogar golfe. E que nesse momento ele ficou bravo e a sacudiu um pouco e como ela começou a arranhá-lo, ele deu "um pouco" de porrada nela. Que depois ela não parava de chorar e de insultá-lo, que o mandou à merda e começou a ameaçá-lo dizendo que ia fazer uma denúncia e ele não ia vê-la nunca mais. Aí ele tentou acalmá-la e pediu desculpas e disse que tudo bem, mas como ela não se acalmava ele se assustou, pegou suas coisas e foi embora. Que depois ligou para ela quinhentas vezes, mas ela não atendeu e então ele foi para o La Biela,[10] tomou uma garrafa de Johnnie Walker Black Label, anoiteceu, ele não sabia o que fazer e acabou me ligando. Aproveito a pausa para perguntar se nós não estávamos brigados e ele diz que não se lembra. Depois pergunto: *La Biela? Continua aberto?* E ele responde que sim e continua falando sem parar e eu já tinha me esquecido como era escutá-lo por tanto tempo. Que insuportável é esse filho da puta. Apenas por um momento, interrompe seu discurso para perguntar se tenho uísque e eu minto e digo que não, pois não penso em desperdiçar um Blue Label com meu irmão bêbado. Ele continua falando e de repente faz um canudo e acaba cheirando uma das carreiras que eu tinha deixado preparadas sobre a mesa. Depois de umas horas nessa função, tomo um ansiolítico para começar a baixar minha loucura e para suportar o epílogo dessa tortura inesperada que dura ainda meia hora mais, até que por sorte e graças aos céus, ele dorme no sofá e começa a roncar. Deixo um bilhetinho para Betty avisando que temos um intruso em casa e então já posso ir para a cama mais relaxado. Demoro demais para pegar no sono porque não posso parar de pensar no indesejável do meu irmão e por quanto tempo ele pensará ficar, até que, finalmente, consigo dormir um pouco.

Estou almoçando no restaurante Josephina's enquanto olho o Facebook no meu Mac. O sol está maravilhoso e a massa *al dente*. Odeio sair de casa, mas hoje Betty trouxe uma ajudante para fazer uma faxina geral na desordem deixada pelo

---

10 Famoso bar da cidade de Buenos Aires, no tradicional bairro da Recoleta.

ogro do meu irmão nos seus dias de intruso. Por sorte, ele foi para a casa de mamãe no condomínio Martindale e eu recuperei a minha solidão. Meu irmão diz que faz negócios embora papai diga que quando ele não joga golfe, faz merda. E quando joga golfe também, porque papai joga muito melhor. Alguma razão ele tem, não me lembro de nenhum dos mil negócios que o meu irmão empreendeu ter dado certo. Uma máquina de perder dinheiro, uma pedra no sapato do meu velho, que mesmo assim o banca sem ele perceber, porque ainda por cima a porra do cara é muito orgulhoso. Meu irmão sempre quis competir com papai e indefectivelmente perdeu, por isso deixaram de se ver. Sua única vitória é um papo que conta que conheceu a Mery antes de papai, que a levou uma noite para a boate Buenos Aires News e transou com ela. Ninguém sabe se isso é verdade, talvez esse conto tenha acontecido com outro e ele nunca comenta isso na frente do velho, claro. Meu irmão acaba de fechar um restaurante que abriu em Palermo Hollywood com um amigo *chef* que durou cinco meses, um fracasso recorde. Atualmente está montando uma página na *web* para fazer reservas em restaurantes, um modelo de negócio que está bombando nos Estados Unidos e que não existe em Buenos Aires, que, segundo ele, a única coisa que tem é o Guia Oleo,[11] uma merda. E que na época que esteve com o seu restaurante ele percebeu que o negócio não é ter um, mas trabalhar com os que já existem, são famosos e têm clientela. Outro dia, em casa, eu disse que se eles têm clientela talvez não precisem de um serviço de reservas *on-line*, mas ele afirmou que disso eu não entendia nada, assim preferi deixar pra lá. Enquanto termino meu *penne rigate*, vejo a namorada de Nacho passar e trato de olhar para o outro lado fingindo não vê-la. Mas já é tarde porque minha mesa está na calçada, portanto, ela me vê e se aproxima sorridente. *E aí, cara? Que surpresa te encontrar aqui! O que está comendo?* Digo que é *penne rigate*. Odeio o nome *penne rigate*. Odeio que esta garota me diga "cara", mesmo sendo de forma natural. Odeio ter de conversar com uma infradotada. Ela ri não sei

---

11 Guia *on-line* de restaurantes da cidade de Buenos Aires.

porquê, mas ri quase o tempo todo e movimentando muito as mãos, lança uma frase emoldurada num gritinho que acho que diz algo do tipo *isso é pura farinha de trigo* e que tenho que aprender a comer porque somos o que comemos e, além do mais, estou magérrimo, como que chupado e não sei que outra merda mais de discurso vegano. Essa idiota é vegana e afirma que evitar a exploração e a crueldade com os animais transformou a sua vida. Eu odeio os vegetarianos, especialmente os argentinos, que acabam comendo verdurinhas feitas na *parrilha*. Que babaquice. Deus dá nozes a quem não tem dentes. Depois de me dar duzentas indicações de porcarias orgânicas e onde comprá-las ou pedi-las, pois, algumas lojas de produtos naturais até levam em casa, ela finalmente diz que está com pressa e precisa ir porque tem hora marcada no salão. Eu digo *que pena, justo agora quando ia convidá-la para sentar* e ela ri porque vê que estou sendo irônico e tenta me zoar passando uma receita de arroz integral com espinafre, cebola e cenoura, mas dou uma cortada nela com minha cara de tédio. Quando por fim vai embora, peço um café e volto a navegar pelo Facebook pensando que talvez já seja hora de dar o primeiro teco do dia.

Estou na minha poltrona escutando as lamentações de Robert. Claro que enquanto isso olho para os barcos navegando no rio. O dia está espetacular e Robert propôs que fôssemos dar uma volta, pois queria conversar comigo. Eu disse que viesse para cá e ele aceitou porque sabe que odeio sair de casa e porque está acostumado a fazer quase tudo o que eu quero, mas, principalmente, porque queria me pedir alguma coisa. Robert é o único amigo pobre que eu tenho. Odeio pobres, com exceção de Robert que é meu amigo. Na verdade, já não é tão pobre graças a mim, que não sei mais o que inventar para fazê-lo trabalhar e ainda o pago bastante bem pelas tarefas que lhe dou. Em troca, ele faz muitas coisas que eu odiaria fazer e quase sempre me pede um pouco mais de grana ou um adiantamento ou um empréstimo, que nós dois sabemos que ele nunca vai pagar. Desse modo, camuflamos minha caridade para proteger o seu orgulho. Robert vem de uma boa família, mas superdescontrolada. O pai é militar aposentado de sobrenome tradicional, mas sem nenhum centavo porque o dinheiro da família foi torrado pelo avô e pelos tios. Robert tem oito irmãos que cresceram mantidos pelo Opus Dei, entre eles uma freira e um seminarista. E um veado, que é ele. Porque além de pobre, é gay. E eu odeio os gays, exceto Robert que é meu amigo. Na verdade, até agora ele não se animou a sair do armário, mas todo mundo sabe que ele gosta de homens, especialmente de mim, que tive um dos únicos deslizes homossexuais precisamente com ele. Robert se lamenta de que o dinheiro que ganha não dá para chegar ao fim do mês e que está pagando o financiamento de uma quitinete fajuta no bairro Monserrat. Ele não diz "fajuta", isso penso eu, que estive lá uma única vez e foi o suficiente para nunca mais voltar. Ele continua com suas lamentações e diz que faz dois anos que não tira férias, blá blá blá, etcetera. Eu sugiro que dê uma escapulida de uns dias para algum lugar, que empresto uma grana e que ele pague quando puder, mas parece que a ideia não lhe agrada muito. Ofereço a casa de mamãe em Punta del Este ou a de Bariloche e ele também não aceita. Então confessa que sonha em ir para Miami fazer compras como Ricardo Fort.[12] Eu não posso acreditar. Odeio shopping. Odeio Miami. E não faço a menor ideia de quem seja Ricardo Fort e, se soubesse, com certeza o odiaria também. Tenho a impressão de que Robert está a ponto de explodir, de dinamitar esse armário que lhe sufoca há tanto tempo, por puro temor ao que dirão dele. Imagino também como deve ser difícil ser homossexual numa família de Opus Dei e que a melhor maneira de se liberar deve ser mesmo indo para os Estados Unidos, mas para morar em Nova York e não para comprar bugigangas nesse Sawgrass[13] de merda. Então digo que não se preocupe, vou falar com papai para emprestar o apartamento de Key Biscayne que ele não usa nunca e que, se quiser, ele pode comprar uma

---

12 Celebridade da balada argentina, produtor de teatro e televisão, gay e milionário, que vivia entre Miami e Buenos Aires, falecido em 2013.
13 Famoso shopping da cidade de Miami.

passagem com minhas milhas do cartão *black* do American Express, que acho que tem um monte. Eu não vou usá-las nunca porque odeio viajar. Robert agradece e pergunta se quero que ele peça algum *delivery* porque ultimamente não estou comendo nada e estou cada vez mais magro. Digo que não e ele então quer saber como ando de ratatá. Não sei por que, mas ele adora chamar a cocaína de ratatá. Eu prefiro farinha ou branca, ou o clássico pó, ou simplesmente coca. Conto que não está mal, mas vou precisar de outra leva para a próxima semana e ele diz que se encarrega disso. Para celebrar, preparo duas montanhas brancas bem grossas sobre a mesa e digo para se aproximar. Dou-lhe um abraço e falo alto no seu ouvido: *tranquilo amigo, vai ficar tudo bem, não se preocupe com a grana, só se preocupe com essa merda.* E o conduzo até a sua carreira beliscando sua bunda enquanto ele tira uma nota do bolso e faz seu próprio canudo.

CAPÍTULO III

CHEGUEI À FESTA DE CHARLIE com Javi e Nacho. Charlie está inaugurando sua bela casa no bairro La Horqueta, com toda a pompa. Ele comprou a casa com os euros que acabou de herdar da mãe que morava na Riviera Francesa com seu marido milionário. Há pouco tempo, os dois morreram num acidente com o Porsche Cayenne e Charlie deixou de ser um tipo comum e passou a ser um jovem milionário livre, leve e solto. A casa é imensa, deve valer uma fortuna. Está bem vazia, não sei se para dar lugar à festa ou porque ele ainda não terminou a mudança. Ou as duas coisas. A decoração é como a de uma boate, com luzes coloridas, mesinhas com velas e alguns pufes espalhados ao redor. Do teto cai uma bola de espelhos giratória. Nas paredes há várias telas planas passando vídeo clips e sobre o balcão do bar um DJ comanda a música desde seu console. Há muita gente, principalmente garotas. Charlie sempre manteve ótimas relações, mesmo antes da herança. Ele vem nos receber com uma garrafa de tequila nas mãos, nos abraça, diz que a casa é nossa e que fiquemos à vontade. Charlie está doido de coca e isso é evidente, o que parece não lhe importar nem um pouco, pois funga sem parar como uma criança gripada. Ele nos dá um pino com pó e diz para aproveitarmos a festa e fala que tem bala para depois. Aceitamos, claro, e corremos para o banheiro, que está ocupado. Alguém nos diz que tem outro logo ali, também ocupado. Saímos em busca de outro no andar de cima. Subimos as escadas e nos fechamos no banheiro de uma suíte que também está por decorar, ainda que esteja maquiada para a ocasião. Com certeza alguma de suas amiguinhas o ajudou a dar um *up* na casa nova para este festão. A coisa é boa, concordamos os três depois de cheirar. Realmente o pó de Charlie é muito bom, não chega a ser como o do peruano, mas, a cavalo dado não se olha os dentes, penso. Dividimos a coca e Nacho exige que deixemos um pouco mais para ele porque com certeza, intui, nós trouxemos a nossa e ele não tem nada, porém sempre nos preza com a erva da sua horta. Javi olha para mim com ar de cúmplice e nós dois negamos com a cabeça, mas mesmo assim lhe damos mais, para ele não ficar choramingando no nosso ouvido, e o cara agradece nos olhando fixo com seu olho bom. Quando saímos do banheiro, ficamos ainda mais ligados que antes. Descendo as escadas, percebemos que tem umas garotas fenomenais no local. Imagino que quase todas já passaram pelas mãos do Charlie porque o sujeito é um demônio com as mulheres e, ainda por cima, ninguém sabe como, sempre termina amigo de todas. O cara pega como ninguém, apronta mil e umas, some e depois as integra no seu círculo de amizades. E todas falam maravilhas a seu respeito. Um gênio. Partimos para o balcão de rum Bacardi que Charlie montou no fundo da sala, justo em frente às portas de correr que dão para a varanda. Pelo vidro dá para ver que há um palco montado, sinal de que uma banda vai tocar ao vivo. Nada por acaso. Pedimos umas taças ao *barman*. Eu odeio rum barato, mas é o que temos, assim que opto por um *mojito* que o rapaz prepara bastante bem, apesar de tudo. Dou uns goles com o canudo e sinto como uma sinusite de cocaína. Não estou acostumado a cheirar um pó que não seja o do peruano. Tenho uma neura com essa história de que misturam vidro quebrado entre outras porcarias, mas logo repito como um mantra: *nada a ver, Johnny, nada a ver, Johnny.* Javi pergunta o que é que eu tenho e digo que nada, que me esqueça. O DJ está a todo vapor tocando um *chill out*, tipo banda Café del Mar, bastante animado. O pessoal não dança, mas se movimenta lentamente como patinando sobre o gelo, bem no ritmo. A maré de maconha chega por todos os lados e somada à minha nascente paranoia me dá um pouco de claustrofobia, de modo que digo aos rapazes que vou dar uma volta pelo jardim. Atravesso até o final da casa e cruzo com uns *hippies* maltrapilhos que não param de babar na ponta de um baseado minúsculo. Um nojo. Odeio os *hippies*. Peço licença e abro a porta de vidro para sair e tomar um pouco de ar com meu *mojito* nas mãos. Vejo umas típicas garotas de San Isidro[14] fumando na varanda e pergunto se elas têm cigarro porque me deu vontade de fumar. Uma delas procura na sua bolsa de couro, encontra um maço de Marlboro e me oferece. Olho nos seus olhos e agradeço, enquanto meus dedos se movem dentro do maço em busca do cigarro. A outra oferece fogo, mas agradeço e coloco o cigarro atrás da orelha à espera que minha claustrofobia desapareça completamente. Torno a agradecê-las, dou a volta e começo a andar. Quando já estou de costas, a que me deu o cigarro pergunta o meu nome e eu digo *Johnny* sem interromper minha retirada, porque não quero conversar e porque odeio as garotas de San Isidro. Ponho os pés no jardim e olho para o céu estrelado enquanto inspiro fundo e penso que, afinal, não é tão ruim assim sair de vez em quando.

Depois de me acalmar um pouco, acendo o cigarro e começo a fumar no jardim escutando a música que parece estar mudando aos poucos para um *chill out* mais *house*, com agudos mais altos e temas mais dançantes. Vejo que as pessoas começam a dançar de fato e sorrio. Eu odeio dançar, mas adoro ver as pessoas dançando. As meninas de San Isidro falam de procurarem por aulas de *reggaeton* e me dá vontade de vomitar. Celebro internamente não haver ficado para conversar com elas. Odeio *reggaeton*, é uma questão de princípios, não posso escutar aquilo, faz mal aos meus ouvidos. Eu não entendo como essa música insuportável fez sucesso, inclusive no nosso pequeno e seleto círculo. E muito menos que haja quem queira ter aulas de *reggaeton*, isso não entra na minha cabeça. Prefiro pensar em outra coisa porque quando estou muito travado tenho taquicardia. Por sorte, vejo os rapazes com Martín, que parece recém-chegado, e eles vêm ao meu encontro. Martín me abraça e pergunta: *e aí, beleza?* Eu respondo que tranquilaço e ofereço um pouco de coca certo de que ele vai recusar, pois, há pouco tempo, me contou que lhe fazia mal e não estava cheirando. Mas o filho da puta me

---

14   Bairro nobre localizado ao norte da província de Buenos Aires.

decepciona e diz *quero sim*, e não me resta outra alternativa, senão dar a ele meu papelote da repartida do pino de Charlie. O cara ainda pergunta se é *power* e dizemos que é boa, então ele vai feliz e contente para o banheiro. Nacho quer voltar a entrar na casa, diz que lá dentro está cheio de garotas e quer dar umas paqueradas antes da namorada chegar, mas Javi pergunta em voz alta: *e aquelas ali, que tal?* – apontando com a cabeça o grupinho de San Isidro. Eu esclareço que não contem comigo, são umas patricinhas aprendizes de *reggaeton*, mas ele não se importa e rapidamente as cerca e começa a conversar com elas com pose de galã. Nacho me enfoca com seu olho bom como se estivesse perguntando o que faríamos e eu digo que vou entrar e ele, se quiser, que faça companhia a Javi. Como o cara é um cagão dominado por sua estúpida namorada, diz que vai entrar comigo. Lá dentro, Charlie está dançando com uma loira maravilhosa e faz sinal para aproximarmos para nos apresentar às suas amigas. Eu faço sinal que não, mas Nacho se aproxima do grupinho e começa a dançar com eles. Aproveito para pedir outro *mojito* e me pergunto se Martín vai devolver um pouco da coca que passei para ele, embora presuma que não, porque nem havia tanta coisa assim no papelote. De fato, volta feliz da vida e não comenta nada, apenas pergunta onde se pedem os *drinks*. Aponto para o balcão do Bacardi, mas ele diz que não quer rum, que viu umas pessoas tomando champanhe. Digo então que não sei e ele sai para procurar a cozinha. Volta em seguida brindando com uma taça repleta de champanhe e Red Bull. Abandono meu *mojito*, que já me cansou e pergunto onde é a cozinha. *Vou com você*, responde. Ele me guia entre as pessoas até uma porta de correr e entramos num ambiente mais iluminado. Lá dentro estão duas garotas sentadas na bancada da cozinha e me dá a impressão de conhecer uma delas. Ela também me olha e pergunta se nos conhecemos de algum lugar. Digo que acho que sim, enquanto pego uma garrafa de Chandon na tina e me sirvo em uma taça dada por Martín, depois de enchê-la com várias pedras de gelo. Martín diz *olá* para elas, que respondem com um aceno de mãos. Estão fumando um baseado e nos oferecem. Martín diz que não, mas eu aceito.

Depois digo: *de onde nos conhecemos? De Bariloche, do Hotel Catedral?* – pergunta a que supostamente me conhece e eu digo que pode ser, apesar de fazer bastante tempo que não vou esquiar. A gata deve ter a nossa idade. Deve ter sido linda quando mais nova e apesar de algumas rugas pronunciadas e alguma outra coisa, os trinta anos até que lhe caem bem, especialmente quando sorri. A amiga não dá, é uma gordinha emagrecida, porém a Martín isso não deve fazer diferença porque fica de papo com ela. Ficamos conversando por um tempo e eu acabo me lembrando de onde a conheço, mas prefiro não dizer nada. Nós nos conhecemos em um *pub* irlandês, anos atrás, quando eu ainda morava com a minha mãe e eu a levei ao apartamento de um amigo que passava férias no Brasil e me pediu para regar sua plantação de maconha. Me lembro que era uma louca total, por mais que agora pareça tranquila. Talvez seja o baseado, talvez esteja sedada ou tenha tomado ácido, vá saber. Procuro adivinhar em que viagem está metida através da íris dos seus olhos, mas não noto nada de anormal. Pergunto de onde conhecem o Charlie e elas contam que ele saiu um tempo com uma amiga delas e que por isso estão aqui. A gordinha volta a conversar com Martín separadamente e eu escuto a que conheço dizer que adorou a casa e que se chama Cata, o que me faz recordar seu nome e outras coisas também. Acho que ela estava muito louca de bala na noite em que nos conhecemos, talvez por isso não se lembre de nada. Tomamos uns chopes escuros e eu consegui convencê-la a me acompanhar ao apartamento do meu amigo. Quando chegamos lá, ela se jogou na poltrona da sala e fechou os olhos e eu aproveitei para dar uns tecos. Depois levantei sua roupa bem devagar e comecei a tocá-la, mas ela dizia que não estava afim. Eu meio que me aborreci, fui para a cozinha e abri uma cerveja que havia na geladeira. Quando voltei ela continuava ali jogada, como antes. Ofereci cerveja e ela disse que não e perguntou o que tinha acontecido, pois eu estava estranho. Eu respondi que nada, então ela levantou a saia e disse: *quer me tocar? Vem*. Tirou a calcinha, pegou minha mão e continuou falando: *anda, mete o dedo, você gosta assim?* – e com os olhos vidrados esfregava a sua buceta seca contra a minha mão fechada, resistente e imóvel. Logo a freei e disse que não queria transar com um robô, que era tarde e talvez fosse melhor ela ir embora, mas ela não quis. Fui chamar um táxi, enquanto ela ficou tomando minha cerveja. A garota ficou calada e quando tocaram o interfone disse que não queria ir. Insisti e como ela não se movia a puxei pelo braço para que se levantasse. E ela gritava: *para, para* e pegou sua bolsa, deu voltas pelo apartamento e começou a jogar as coisas da bolsa por toda parte como uma doida varrida. Eu não podia acreditar no que estava acontecendo. Tomei ar e esperei que guardasse tudo. Inclusive tentei ajudar, mas ela empurrava minha mão como se eu estivesse roubando alguma coisa. Tocaram outra vez o interfone, atendi e falei para o taxista que já estava descendo, que esperasse um pouco mais. Me despedi novamente, mas ela voltou a esvaziar a bolsa e começou a procurar por algo imaginário, freneticamente. Aí minha paciência se esgotou e eu mesmo coloquei as coisas dentro da bolsa, agarrei com força o seu braço, levei-a até o elevador e desci com ela até o táxi à força enquanto ela me olhava com cara de medo, como se perguntando quem de nós estava mais louco. Essa é a mesma Cata que agora conversa tranquilamente comigo, sentada na bancada da cozinha da casa de Charlie, como se nada tivesse acontecido, como se não me conhecesse, como se nesses anos tivesse se curado de sua loucura. Agora que montei todo o quebra-cabeça, sem deixar nenhuma peça de lado, posso ir, penso, não sem antes encher minha taça de champanhe. A verdade é que não que estou nem um pouco interessado em averiguar se essa louca já recebeu alta do hospício e, além do mais, ela nem é tão gostosa assim.

Quando Martín vê que estou saindo se despede da gordinha e me segue. Nota-se que lhe interessa mais estar acompanhado de um amigo do que se aventurar com uma garota que não vale muito a pena. Ou que tem vontade de cheirar mais porque me pergunta se tenho. Digo que já dei tudo o que eu tinha e resolvo passar a responsa para os outros dois. *Javi e Nacho tinham, vamos procurar por eles*, digo. Nacho não está em lugar nenhum. Javi está no jardim beijando a patricinha de San Isidro que me ofereceu fogo. Eu preciso de outra carreira, mas antes tenho que me livrar do fissurado do Martín, nem penso em desperdiçar a do peruano com ele. Se digo que vou buscar alguma coisa no carro ele vai atrás de mim, com certeza, então finjo que meu celular toca, atendo, falo com ninguém e peço licença. *É Marina*, sussurro e ele faz cara que entende e some entre os convidados. Aproveito para ir até o carro e vejo Nacho na porta conversando com sua namorada. *Oi*, ela me diz, *ultimamente nos encontramos em todo lugar* e Nacho olha para mim com cara de quem não entendeu, pois eu não contei para ele que nos vimos outro dia no Josephina. Eu digo somente *oi* e pergunto ao Nacho se ele tem alguma sobra da preza do Charlie, mas ele responde que não, que ele e a babaca da sua namorada acabaram com tudo. Não diz "a babaca da minha namorada", diz, "a mô". Odeio os apelidos que os namorados se dão. Odeio que esta infeliz tenha cheirado o nosso pó. Como não sei como sair da situação monto outra vez a farsa de que tocou meu celular, atendo e digo que volto num instante, dou a volta e começo a caminhar. Saio fazendo o tipo que anda sem rumo e pouco a pouco vou em direção ao meu carro. Viro um segundo para trás, vejo que continuam conversando, que ele a abraça e que já não prestam atenção em mim. Entro no carro e quando estou preparando minha ansiada carreira noto o Martín se aproximando. Rapidamente escondo o pino debaixo do banco, deixando à vista apenas o espelho com uma única carreira. Ele tenta abrir a porta do passageiro, mas está trancada. Aperto o botão de fechamento geral e após um ruído seco a porta se abre e Martín entra. *Raposa velha*, diz, *te peguei com a mão na massa*. Digo que já dei o que tinha pra ele, que esta carreira é o que sobrou e que vou cheirar sozinho. Que, por favor, segure o espelho. Ele obedece, o mantém firme com as duas mãos e eu apoio o canudo e mando tudo para dentro. É um prazer ser egoísta, penso, enquanto escuto que lá dentro da casa está começando a música ao vivo. Quando a festa começa a esfriar porque a banda que o Charlie trouxe é péssima, faço caso ao Alfred que diz que devemos saber a hora certa de nos retirar e saio à francesa, sem me despedir de ninguém. Adoro sair assim e deixar meus amigos se perguntando se eu ainda estou por aí dando voltas ou se simplesmente fui embora, como sempre. Eles já me conhecem. Entro no carro um pouco cansado e ligo para a Rochi. Pergunto onde ela está e ela diz que em casa. Digo que se quiser passo lá e vamos para a minha e ela responde *ok*. Antes mal acompanhado do que só, penso e ligo o motor.

No dia seguinte, quando acordo, tenho o corpo todo dolorido. Rochi está mexendo no seu celular, vestida com minha camisa branca que deixa seus peitos à mostra. Digo *olá* e pergunto o que está fazendo e ela diz que tuitando. Digo que prefiro o Facebook, que ainda não consegui entender qual é a do Twitter e que, além do mais, não se pode ver as fotos das garotas. Das grávidas, não digo nada. Ela começa uma explicação sobre o Twitter como se estivesse dando aula em uma universidade. Que os *followers*, os *trending topics* e as *hashtags*, palavras que por sua patética pronúncia não deve saber o que significam fora do Twitter. Odeio as pessoas que conversam com palavras em inglês e têm a pronúncia igual ao nariz delas. Acho que odeio o Twitter também, ainda que o use algumas vezes para divulgar as matérias da revista. Ela continua a aula e me explica que se pode ver as fotos sim, através dos links que as pessoas tuitam. Conta que às vezes aparecem fotos de pessoas famosas e outras de pessoas comuns, mas que se tornam famosas depois que essas fotos se viralizam. Se "viralizam", diz e eu imagino uma grande epidemia que vai exterminando todas as pessoas que estão conectadas. Imagino algo parecido com o Facebook, mas não acho tão engraçado assim. Digo que o Twitter parece o LSD da atualidade, que certamente deixará sequelas em toda uma geração de usuários e ela ri e diz *todos doidos de ácido kkkk*, embora me dê a impressão de que ela não entendeu o sentido e eu também não. Disse isso apenas para aborrecê-la um pouco porque já estou começando a me cansar da sua presença e quero que vá embora. Mas ela continua falando e começa a contar de um cara que ninguém sabe quem é, que adicionou uma *hashtag* "chega de cornudo" para publicar os *tweets*. Digo que não entendo isso muito bem e ela começa a ler uma *tag*: na fazenda... e todos começam a completá-la, como por exemplo: na fazenda o leite é tomado recém ordenhado e tem nata, na fazenda os meninos dormem juntos em um quarto enorme, na fazenda você tem a mesma empregada a vida tooooda e depois vêm os filhos e netos dela, na fazenda sempre há um cavalo crioulo tobiano[15] chamado "o tobiano", etcetera. Isso me parece uma idiotice, mas me faz recordar a fazenda dos meus avós na qual parei de ir depois da morte de Mamina, a mãe de papai. A fazenda continua lá, mas meu pai brigou até a morte com o irmão por questões de herança e faz anos que eles não se falam. Meu tio ficou com a fazenda e meu pai nos proibiu de continuar indo lá, apesar de que nos dávamos bem com ele e com nossos primos, aos quais não vimos mais. De vez em quando, fico sabendo de alguma coisa deles porque os tenho no Facebook, mas não nos falamos nunca mais, no máximo um feliz aniversário na linha do tempo e pronto. Quando volto a prestar atenção em Rochi ela está contando uma história de uma conhecida sua que ia se casar e na despedida de solteira as amigas levaram um negro senegalês – desses que vendem relógios na rua – e elas piraram completamente e a coisa fugiu ao controle. A noiva acabou no pronto socorro do Hospital Fernández com o cu estraçalhado, o senegalês está foragido, o noivo mandou tudo à merda e cancelou o casório, e os pais da noiva a mandaram um tempo para Madri por conta do escândalo, até a coisa esfriar. A história é ótima, mas Rochi a conta muito mal, haja redundância. E eu começo a pensar na melhor desculpa para que ela vá embora de uma vez por todas, assim posso passar um pó no nariz e entrar um pouco no Facebook.

---

15   Raça típica da região dos pampas.

CAPÍTULO

PASSEI AS DUAS ÚLTIMAS HORAS arrancando casquinhas da minha cabeça e cheirando. Meu couro cabeludo começou a ressecar há uns dois anos e quando estou muito travado fico coçando a cabeça freneticamente. Já cheirei cinco carreiras e assim me machuco cada vez mais. Porém, não importa, no momento, não tenho nada melhor para fazer. O celular já tocou várias vezes e eu não atendi e nem olhei quem era. Anoiteceu e faz frio lá fora. Não estou a fim de sair nem de falar com ninguém e o Facebook está superlento, o que me dá muito tédio. Acaba de chegar uma mensagem no WhatsApp, é Marina e pergunta se podemos conversar. Nem respondo. Penso que talvez fosse bom comer alguma coisa ou ligar a televisão, mas não tenho fome nem vontade de assistir nada. Quem sabe deveria tomar um ansiolítico porque no estado em que estou tenho a sensação de que não vou dormir nunca mais. Porém, com toda a coca que mandei para dentro tenho medo do corpo não aguentar e parar o meu coração. De repente, escuto um barulho na fechadura da porta da sala e enquanto penso se estarão me assaltando continuo coçando a cabeça sem parar. É o insuportável do meu irmão que ficou com as chaves durante os dias em que esteve aqui. Não posso acreditar. Era a última visita que esperava receber neste fim de tarde de pó. Ele me dá um falso abraço e pergunta *e aí*, que o que estou fazendo e eu não respondo. Diz que a noite está espetacular, que ele está solteiro e por que não damos uma volta. Conta também que comprou um Audi, que é uma máquina e que mamãe deu uma bronca nele porque é um carro de "novo rico", mas que ele não está nem aí. Que por que não vamos ao bar Isabel, que lá tem umas putinhas deliciosas e ele não vê a hora de comer todas elas. Diz que se sente como se tivesse saído da jaula. Eu não falo nada e coço a cabeça. Vê o espelho sobre a mesa, ao lado da nota de cinquenta dólares enrolada e pede uma carreira. Faço sinal de que vá em frente, que faça ele mesmo, então pega o pino e prepara uma tira comprida e fina. Quando se inclina sobre a mesa peço que, por favor, faça seu próprio canudo porque me dá nojo dividir minha nota e o idiota e muito imbecil não me dá ouvidos e cheira com ela. Depois a desenrola e a sacode exageradamente como se a limpasse. E rindo, olha para mim e diz *tudo certo, bem limpinha.* E como vê que eu continuo coçando a cabeça acrescenta: *pare de coçar a cabeça Juan, está parecendo um cachorro pulguento.* Eu o olho com ódio e penso que por que será que este estúpido que tenho como irmão veio invadir a minha casa, cheirar minha coca com meu canudo, me dar ordens e me chamar de Juan, quando sabe que odeio que me chamem de Juan, e ele é a única pessoa que de vez em quando ainda me chama assim. Ele não para de falar: *anda maluco, vai tomar um banho e vamos porque hoje é quinta e o bar fica ótimo.* Descubro que dia é hoje quando ele diz "quinta" e não sei por que me levanto e vou para o banheiro acatando suas ordens, não sem antes esconder a coca para que este fissurado não cheire tudo enquanto espera. Entro no chuveiro e lavo o cabelo com o shampoo anticaspa que um dermatologista indicou e que não serve para nada. Odeio os médicos. Depois me ensaboo furiosamente. Estou tão travado que não consigo pensar. Percebo que me esqueci de ligar o circulador de ar e que o banheiro está se enchendo de vapor. Minha pressão começa a cair um pouco, então saio da ducha e ligo o circulador. Agora me sinto melhor. Me dá vontade de ficar debaixo d'água, de não sair do banho nem de casa e esperar que o estúpido do meu irmão se canse e vá sozinho para o bar. Demoro uma meia hora no processo, entre banho, enxugar, pentear e escovar os dentes e quando saio o maldito ainda está no meu quarto, jogado tranquilamente na minha cama com meu Mac e vendo fotos no Facebook. Quando me vê sair ri, mostrando umas garotas que estão conversando com ele. Que uma delas ele já levou para a casa do condomínio e a comeu todinha. Eu não dou a menor atenção e quase não olho as fotos que ele vai mostrando. Diz também que se serviu algo para beber e imediatamente vejo um copo apoiado na mesa de cabeceira com uma pocinha de água ao redor. Peço que pegue um porta-copo para não deixar marcas no móvel e ele não responde. Passo direto e vou para o *closet* escolher uma roupa. Pego uma camisa Polo, uma calça Levi's bem quente de veludo, uns sapatos La Martina e um casaco Armani. Completo com um cachecol listrado que ganhei de presente e umas luvas de couro que eram do meu avô. Dou um toque de Acqua di Gio e estou pronto. Meu irmão quer passar um perfume e eu digo que escolha o que quiser. Ele se levanta e passa o Farenheit e me pede outra carreira para levantar o ânimo antes de sair. Abro o pino e deixo cair um pouco de pó sobre a mesa de cabeceira ao lado da pocinha, esperando que molhe. Ninguém mandou ser idiota. Mas isso parece não fazer diferença, ele afasta o montinho, estira a carreira e se inclina sobre o móvel. Cafunga profundo e pergunta: *vamos?* E eu com voz desanimada, respondo: *ok, vamos.*

O Isabel está muito movimentado. Entramos e compramos algumas Isabelinhas, a moeda corrente do bar. São como fichas de cassino que permitem comprar bebidas no balcão ou nas mesas, onde não se aceita dinheiro vivo. Suponho que seja uma tentativa de neutralizar os empregados que roubam, unificando todo um processo em poucas pessoas para que o dinheiro passe pela menor quantidade possível de mãos, ainda que isso me pareça uma idiotice e resulte bastante incômodo para os clientes. Quero me sentar numa mesa e pedir um gim-tônica, mas meu irmão insiste em ficar no balcão porque diz que lá estão as melhores garotas. Digo que tudo bem, mas que ele peça a bebida porque odeio os balcões lotados. Passo para ele umas Isabelinhas e o sujeito consegue um lugar aos empurrões enquanto eu me mantenho mais afastado. Dou uma olhada geral no ambiente e vejo umas garotas muito altas parecendo modelos se exibindo e rapidamente eu me canso de ficar olhando. Viro para o outro lado e encontro uma espécie de MILF[16] bastante fogosa, sobretudo porque

---

16   Mother I'd Like to Fuck.

tem uma barriguinha parecendo que está grávida, se é que efetivamente não está. Sorrio e ela me faz um gesto de brindar com uma taça que tem algo de várias cores, um desses típicos *drinks* que as burguesinhas tomam na noite. Vou ao seu encontro e digo que estou esperando meu irmão que saiu para buscar umas bebidas e ela me oferece sua taça e eu faço que não com o indicador. Conversamos um pouco e ela começa a contar que trabalha em uma imobiliária e eu fico entediado na hora, então vou direto ao ponto e pergunto se ela está grávida e a fulana responde meio brava que não e pergunta se está tão gorda assim. Respondo que claro que não, peço desculpas e no mesmo momento aparece meu irmão com meu gim e eu aproveito para ir atrás dele rumo ao *chill out* do fundo. Atravessamos a porta de vidro e chegamos ao *chill out*, uma espécie de varanda ao ar livre com um aquecedor elétrico de ambientes que fica sempre aceso. Não sei como funciona, mas funciona e permite que as pessoas saiam para fumar ou conversar tranquilamente sem a música alta, sem morrer de frio. O bom do Isabel é que está sempre cheio, porém nunca lotado, apesar de deixarem entrar qualquer um. A música é ótima e o mais importante é que nunca tocam *reggaeton*, algo que se expandiu por todas as boates de Buenos Aires e é uma das razões pelas quais saio cada vez menos de casa. Na varanda, nos encontramos com Lalo, um amigo do meu irmão que já é parte do bar porque sempre que venho ao Isabel, aqui está ele. Quando vou ao Tequila, também. Vê-se que faz a prévia no Isabel e quando a coisa começa a esfriar vai para o Tequila. Quando nos encontramos só os dois eu o cumprimento e saio, porém, como estou com meu irmão, ele engata conversa. Fala de festas e mulheres como se não fizesse outra coisa na vida, com exceção de alguns programas como sair para velejar em um barco que ele tem no delta do Tigre. Meu irmão sugere um passeio no veleiro com umas garotas, porque agora ele está solteiro e Lalo fala que sim, que seria ótimo, que eles podem levar bastante bebida e uns êxtases e não sei o que mais, que vão aproveitar muito, que ele está superacostumado a transar nesse barco. Nem olham para mim, provavelmente porque sabem que eu diria que não ou quem sabe, porque Lalo vê na minha cara que eu tenho antipatia dele. Não sei, não me interessa e não quero intervir no assunto. Aproveito o papo deles e digo que vou dar uma volta e me meto de novo dentro do bar. Penso em ir embora, mas ainda tenho um monte de Isabelinhas, agora está tocando The Cure e como cheirei duas carreiras a mais no carro antes de entrar, sei que se fosse para casa não conseguiria dormir. Pelo menos não deixei meu irmão me trazer no seu carro novo – mamãe desta vez tem razão – e tomei a precaução de vir no meu, assim posso ir quando quiser. Nada pior que depender de um bêbado recém-separado para ir embora. Então, encontro a loira amiga de Jackie, que me pergunta como estou e fala, *cara, você nunca está no Facebook*. Eu digo que estou sim, que muito e ela insiste, *então nunca on-line maaan*. Diz *maaan*, assim, esticando o "a". E continua falando, dizendo que isto aqui é um tédio total, não tem ninguém, que não sabe porque veio e que cada dia que passa eu estou mais magro. Digo que talvez ela tenha vindo aqui para se encontrar comigo e para irmos tomar uns *drinks* em casa, que eu tenho bebidas bem melhores que as deste bar de quinta. Ela ri e diz que sou muito insistente, que nunca me dou por vencido e não sei que outra idiotice mais. E que não pode ir porque veio com Lucas, um relações públicas que a levou para jantar no Hotel Faena junto com outras garotas e que agora ela tem de acompanhá-lo a noite inteira. Sei quem é esse relações públicas, um gayzinho desagradável que, eu não sei por que, acho que me odeia. Eu também não fui com a sua cara desde quando o Alfred nos apresentou em um evento, assim a coisa é mais ou menos recíproca. Quando estou pensando nisso aparece o tal Lucas e me cumprimenta com cara de sonso e eu retribuo com a mesma cara, pensando no quanto dever ser triste ser uma bichinha louca nessa cidade de merda. Lucas não perde tempo e me sabota a paquera, pega a loira pelo braço dizendo *venha, consegui uma mesa e vão trazer champanhe*. Sai com ela e me deixa ali falando sozinho. Levanto a vista e vejo que na mesa onde estão também está sentada Natália, uma modelo meio brega que comi algumas vezes e que gritava feito uma filha da puta, mas, segundo ela mesma, nunca tinha conseguido gozar. Nunca na vida, falou uma vez. Olho para ela para que me veja, mas ela está de conversa com as outras idiotas da mesa e na hora chegam Lucas, a loira e a garçonete com os baldes de champanhe e já não se vê mais nada, de modo que continuo minha caminhada pelo bar. Mais adiante vejo uma garota de cabelo estilo *groupie* com a língua dos Rolling Stones estampada na camisa avançando em minha direção com duas garrafas *long necks*, parecendo um anúncio publicitário de cerveja. Sua atitude me intimida um pouco, mesmo assim quando ela passa digo no seu ouvido *quero ser seu rockstar*. Pelo visto não me dou mal porque ela olha para trás, sorri e me pisca um olho enquanto faz um giro completo e segue caminhando para o seu lugar, uma mesa lá na frente, onde está sentado um tipo com um chapéu escocês que tem cara de cineasta bobão, ou pior, de *booker*. Nem sempre se sai ganhando, penso e imagino que com um pouco de sorte talvez volte a cruzar com ela mais tarde e dar a clássica dentada no de chapéu. A dentada consiste em esperar que o outro se distraia e cravar os dentes na garota que está com ele. Porque, além do mais, como disse Jude Law, no filme *Alfie*, por melhor que esteja uma mulher sempre há alguém que está cansado de trepar com ela. Volto a circular e vejo que Lalo e meu irmão encararam um grupinho de três veteranas que por sinal estão muito bem, exceto a que sobrou, da qual não penso me encarregar. Na mesa, há um maço de cigarros e pergunto aos rapazes de quem é e eles dizem que de ninguém, que posso pegar se quiser. Tiro um Marlboro e a gordinha que sobrou me oferece fogo e se apresenta como Melissa. Nome de biscate, penso e agradeço. Fumo sem falar nada e Melissa insiste em bater papo. Diz algo como que ela e suas amigas são de uma parte da cidade que eu não localizo ou que apenas ouvi falar, mas meu GPS não cobre de jeito nenhum. Ativo meu radar com medo de que alguma dessas três ordinárias pense na possibilidade de pedir carona e eu ter de levá-las na minha X6 para algum desses bairros fuleiros, de modo que vou me afastando pouco a pouco. Por sorte, na mesma hora, vejo saindo a *groupie*, sozinha, com a intenção de fumar um cigarro. Ofereço aquele Marlboro que ficou abandonado sobre a mesa e ela recusa com simpatia, mostrando um maço de Dunhill que tira do bolso. Está vestindo agora um casaco todo peludo até o pescoço, o que a faz parecer ainda mais *groupie*. Acende o cigarro e diz que se chama Felicitas. Bem melhor. De Melissa a Feli há um grande abismo, penso. Digo que sou Johnny e pergunto o que faz da vida e ela responde que canta, sem dar maiores detalhes. Investigo mais e ela me conta que tem uma banda com o cara do chapéu que está lá dentro e que em breve eles vão lançar o primeiro disco. Pergunto que música eles tocam e ela diz *rock and roll*, que cantam em inglês e a coisa vai soando cada vez melhor. Numa certa altura da conversa não me contenho e digo que pena que ela veio com o amigo e a garota responde que seu amigo já foi embora.

Faz horas que estou em minha *jacuzzi* tomando um banho de imersão e não consigo abandonar esta maravilha. Durmo por uns minutos e nessa hora toca o celular e me acorda. Atendo sem prestar atenção e é Marina dizendo que está grávida e não sabe se o filho é meu. Digo que impossível, a menos que esteja de seis meses ou tenha congelado meu sêmen, porque não a toco há séculos. Ela começa a chorar e diz que eu tenho razão, mas nunca imaginou a possibilidade de estar grávida de outra pessoa que não fosse eu. Digo que ligue para o tal Daniel e desligo. Volta a chamar. Atendo impaciente por causa da péssima novidade e, além de tudo, por tentar fazer-me sentir responsável. Ela continua chorando e pede que, por favor, lhe dê uma mão porque não pode nem pensar em ter um filho com este garoto e eu digo que de repente esse filho é do Fede, mas ela me xinga e pede para não encher o saco, pois não está para brincadeiras. Fede é um amigo meu que sempre teve uma queda por Marina e a quem ela procurou assim que nós terminamos. Primeiro ela falou que se encontraram algumas vezes e não aconteceu nada, depois confessou que tinham transado. Mais tarde voltou a primeira versão e insistiu em que ele não lhe havia tocado em um fio de cabelo sequer. Eu acho que transaram. Na verdade, não acho, tenho certeza. Nunca disse nada para o Fede, nem nunca direi. Mas toda vez que nós conversamos ou ele me olha nos olhos, noto um certo constrangimento da parte dele, como se se sentisse culpado por alguma coisa. Marina não para de chorar e pergunta se conheço algum lugar onde ela possa fazer um aborto. Também que não pode conceber a ideia de ter um filho com alguém que não seja eu e blá blá blá, etcetera. Paradoxalmente, usa a palavra "conceber" para falar do assunto. Eu, claro, não acredito em uma vírgula do que ela diz. Faz tempo que não acredito. Mesmo assim, digo que vou averiguar e que depois dou notícias. Desligo e ligo para o Robert. Peço que me consiga um médico que faça abortos. Ele pergunta como vai fazer para conseguir uma coisa dessas e eu digo que isso é problema dele, o que eu vou fazer é pagar bem aos dois, a ele e ao puto médico. Reforço que consiga um médico de primeira e Robert acata e pergunta para quando queremos. Pergunto por que diabos ele está falando no plural e ele responde que porque supõe que não serei eu a fazer o aborto. *Supõe corretamente, Robert. Queremos para ontem*, digo e desligo. Depois mando uma mensagem a Marina, que fique tranquila, que já estou tratando do assunto e ela responde *obrigada, te adoro*. Destampo a *jacuzzi* e escuto como o cano começa a engolir a água que já me deixou com os dedos todos enrugados, enquanto me pergunto como seria um filho meu com Marina ou dela com Fede ou com o Daniel, ainda que por sorte nunca tenha visto esse Daniel. Depois imagino Marina grávida e fico um pouco tesudo e então começo a manusear a pistola meio dura com os dedos enrugados.

É meio-dia de um dia de semana e não sei por que estou sentado em um restaurante de *parrilha* em frente à Praça Armenia, com Nacho e Fede. Acho que o Nacho me ligou e propôs algo como ir comer um bife de *chorizo* em um bom lugar com varanda, que o dia estava agradável e podia ser uma boa ideia tomar um pouco de ar. Devo ter dito que sim porque estava meio grogue, recém-despertado depois do ansiolítico que tomei ontem à noite para conseguir dormir. O que sim, tenho certeza, é que não sabia ou não entendi que o Fede viria também, que se soubesse certamente não teria vindo. Creio que Nacho nem imagina minha história com

Fede, ou melhor, da história entre Fede e Marina, embora eu mesmo já não esteja muito convencido. Pensando bem, ele deve saber sim e por isso não me disse nada, para que eu não desistisse de vir. Noto que Fede está um pouco acabado, como se tivesse sido assaltado há meia hora ou tivesse ficado sem água para tomar banho. Está malvestido, com o cabelo sujo e quando fala comigo sinto um hálito de coisa podre. Fede é o típico menino rico em decadência. Nos últimos anos, converteu-se em um faz-tudo para ganhar a vida, em todas as acepções da palavra. A mãe é viúva de seu segundo marido, que lhe deixou uma fortuna milionária, tendo ela repassado aos filhos uns bons pesos. Para as duas irmãs de Fede, as xodozinhas da mamãe, que não fazem tantas cagadas, dinheiro vivo. Fede ganhou um apartamento; a mãe sabe que o filho é um perigo e que se lhe desse *in cash* ele gastaria tudo em poucos meses. Porém, Fede se manteve à altura das expectativas, fez a escritura do apartamento na Recoleta e o vendeu em dez dias, pegou a grana e se dedicou a curtir a vida esbanjando tudo o que podia. Passou dois anos cheirando da melhor cocaína, dormindo com as putas do Cabaré Black, indo ao cassino do Hotel Conrad e apostando nas corridas do hipódromo de San Isidro. E nesse ínterim também comeu a Marina. E antes parece que ainda teve uma filha com uma putinha que pegou no final de alguma festa, embora não se comente o tema. Agora mora em um quarto-sala de merda que seu velho lhe deixou pouco antes de morrer, come apenas uma psicóloga veterana que tem como pseudonamorada e, segundo ele, não cheira mais pó. Enquanto conversa comigo eu observo as pessoas na praça em frente, quase sem escutá-lo. Diz alguma coisa a respeito dos Narcóticos Anônimos, um grupo de ex-drogados que ajudam você a sair limpo. "A sair limpo", repete. Como se fosse possível alguém sair limpo depois de tudo isso. Pergunta como ando com o tema e eu digo que para mim não é nenhum tema, mas o mala insiste: *você cheira todos os dias ou só nos fins de semana?* Ele fica calado me olhando e como eu não respondo volta ao assunto: *quanto está cheirando? Mais ou menos. Além do mais, dá para notar que você não está comendo nada, está supermagro.* Eu peço que não me encha mais o saco, que não tenho nenhum problema e ele diz que o primeiro sintoma é dizer que não tem nenhum problema, que passou pela mesma coisa até decidir ir ao NA. Pergunto que caralho é NA e ele diz Narcóticos Anônimos. Que AA é Alcoólicos Anônimos e NA é... e eu digo que chega de explicações, que já entendi. Então me convida para ir com ele apenas uma vez, só para conhecer e eu respondo que nem fodendo e começo a olhar para o Nacho, pedindo que ele me resgate da situação ou intervenha, antes que eu quebre uma cadeira na cabeça desse idiota. Nacho entende meus gestos e o interrompe, dizendo que na realidade estamos aqui para falar dele e eu cada vez fico mais perdido e daí me lembro de um capítulo de Seinfeld no qual organizavam uma "intervenção" para um cara que tinha problemas com drogas e tudo era muito bizarro e muito engraçado. E percebo que às vezes a realidade supera a ficção, embora isso aqui não me pareça nada engraçado e me pergunto por que caralho não fiquei em casa. Começam a discutir entre eles e eu aproveito para levantar e desço as escadas procurando o banheiro e alguém do restaurante indica que é mais embaixo ainda. Então, desço mais escadas até o subsolo, entro num cubículo e preparo uma carreira para que eu consiga suportar esta situação. Quando saio já me sinto muito melhor e ao voltar agradeço ao que me indicou o banheiro, que responde *obrigado a ti*. Só agora quando o vejo e escuto o sotaque noto que ele está vestido com um avental de garçom e que é da Colômbia ou de algum outro lugar quente e tropical. Depois continuo subindo e penso por que será que ultimamente está na moda no circuito gastronômico contratar morenos latinos como garçons, como se isso fosse chique ou *cool* e não encontro resposta à minha própria pergunta. Só sei que não me parece nada chique e que odeio os colombianos e os latinos em geral. A única coisa boa da Colômbia é o pó e o café, penso, e rio porque na verdade o melhor pó, hoje em dia, seja o peruano e venha de bem mais perto. Quando volto para a mesa tudo parece mais tranquilo e meus dois amigos me olham me estudando, como que suspeitassem de que eu acabo de dar um tiro, mas disfarço para que o estúpido do Fede não comece o seu sermão outra vez e sobretudo, para que o Nacho não venha me pedir um pouco. Sento e digo *e aí?* – e eles contam que pediram uma *parrilhada*[17] para dois porque o garçom colombiano ou o que quer que seja, disse que dava para três e eu digo *ok*, pois não quero voltar a discutir embora o que eu quisesse mesmo era comer um bife de *chorizo*, que foi para o que efetivamente vim. Penso também quando foi que autorizamos os colombianos a nos recomendarem churrasco para dividir e percebo que estou um pouco cismado com o *fucking* latino, o que deve ser consequência do pó, e tento me acalmar um pouco. Então, Nacho olha para mim e diz com uma voz um tanto melodramática: *o problema é que Fede sofre de ludopatia* e eu fico olhando para ele porque não tenho a menor ideia do que seja ludopatia e, além do mais, não estou interessado em problemas, muito menos dos outros. Nacho vê que eu não estou entendendo nada, então explica que Fede é viciado em jogo e que não pode continuar se endividando dessa maneira. Olho para Fede e ele abaixa o olhar como admitindo que sofre do tal problema do qual Nacho fala tão dramaticamente, enquanto o pó sobe à minha cabeça. Imagino que ludopatia deve ter algo a ver com aquele jogo de mesa que se chamava Ludo Matic, que nós tínhamos quando crianças. E penso mais, talvez esta reunião termine com Fede mendigando dinheiro para pagar suas dívidas e imediatamente começo a bolar desculpas que me permitam não auxiliar este bosta, que provavelmente trepou com minha namorada semanas depois de nós brigarmos. Não tenho *cash* porque coloquei tudo numa aplicação fixa. A revista anda muito mal e meu velho me cortou os víveres. Estou trocando de carro e tenho a quantia exata. Meu irmão acaba de se separar e tive de lhe emprestar dinheiro para a mudança. Internaram um dos meus sobrinhos. São algumas das desculpas que me ocorrem. Mas não chego a dizer nada porque Fede conta que se abriu com sua mãe e ela o está ajudando a pagar as dívidas, assim que não preciso mentir. Respiro aliviado e me pergunto por que caralho está contando toda esta história para mim, sabendo que

---

17 Típico prato de churrasco argentino, no qual se mistura cortes de carne e vísceras bovinas.

o odeio. E ele continua explicando que havia se endividado com uma financiadora que cobrava juros muito altos e que começou a se formar uma bola de neve insuportável, até que sua mãe resolveu ajudá-lo. Mas o problema é que ele continua com vontade de jogar, apesar de estar frequentando os Jogadores Anônimos. Eu continuo escutando e tudo aquilo não me comove nada, não me atinge nem de raspão. Minha cabeça está a mil por hora, mais por causa da carreira que acabo de cheirar do que pela vontade de encontrar uma solução para este pobre infeliz. Imagino entre outras coisas se Jogadores Anônimos será JA ou JAJA, assim como NA e AA e por um momento quase tenho um ataque de riso porque soaria muito ridículo. Também me pergunto se Fede não estará ficando viciado em grupos de autoajuda, como Edward Norton em o *Clube da luta*. Então, escuto quando Nacho diz que ele tem de se recuperar nem que seja por sua filha e Fede o olha com reprovação, por ele haver mencionado a filha da qual nunca se comenta e, ao mesmo tempo, seus olhos se enchem d'água. Me dá vontade de perguntar pela filha, fingindo que não sei de nada ou de contar que Marina está grávida e em uma dessas pode dar-lhe um irmãozinho, mas não faço nenhuma das duas coisas. Nessa hora, chega a *parrilhada* e eu reclamo porque não tem *molleja*[18] e Nacho diz que em quase nenhum lugar a *parrilha* vem com esse miúdo. Fede continua falando da sua situação com a boca cheia e eu, morrendo de nojo, me vejo cortando um pedaço de carne bastante gorduroso. Acabo chamando o garçom colombiano para pedir o bife de *chorizo*, que em realidade era o que eu queria comer. Quando ele sai, o pobre diabo em que se converteu o Fede pergunta por que eu pedi algo à parte, se o churrasco dá e sobra e a conta vai ficar muito mais cara. Eu, meio puto, digo que não se preocupe porque vou pagar a conta inteira, assim ele poderá guardar o seu dinheiro e ir depois para o cassino flutuante. O ambiente fica tenso e Nacho trata de acalmar os ânimos enquanto o Fede levanta a voz para mim e eu aperto a faca fortemente sobre a carne, reprimindo o desejo de cravá-la em

---

18   Miúdo bovino que corresponde à glândula timo.

seu pescoço. Por sorte, passa o impulso e depois de poucos minutos chega meu bife de *chorizo*, sangrando, e então me lembro de que pedi bem passado e o mando de volta à cozinha. Nacho diz que certamente vão mijar nele, porque é o que fazem quando os clientes se queixam e mandam os pedidos de volta para a cozinha. Fala brincando, para aliviar um pouco a tensão. Mas não me causa nenhuma graça e olho para ele com cara de tédio. Afinal, nos tranquilizamos e rapidamente chega meu bendito bife mais bem passado. Como menos da metade porque está péssimo e porque, além do mais, quando estou puto e travado tenho dificuldade de engolir. Nacho segue com sua lamúria dando conselhos a Fede para que não jogue mais e que cuide de sua filha e de si mesmo. Terminamos e pago tudo com meu cartão de crédito e deixo uma boa gorjeta ao garçom colombiano, que afinal de contas não nos atendeu tão mal. Saímos e vamos em direção ao Toyota 4x4 de Nacho, com a qual ele me pegou porque eu não queria dirigir. Também levamos o Fede, que diz que para vir pegou um táxi, embora eu suspeite que ele tenha vindo em um metrô fedorento. Quando Nacho liga sua caminhonete, pergunta a Fede onde deixá-lo e ele diz que não sabe se passa no hipódromo de Palermo ou não, pois tem um palpite de um cavalo que hoje não perde de jeito nenhum. Eu fico pensando que ele não está falando sério, mas está. De fato, tira uma *La Rosa* do bolso do casaco, aquela revista que tem informações sobre todas as corridas do dia e vai olhando os horários e os nomes dos cavalos que irão correr. Nacho diz que nem morto o leva a Palermo, que para que merda falamos tudo o que falamos durante o almoço, mas Fede insiste e nos explica que tem que deixar de apostar aos poucos, que de um dia para o outro é impossível e isso é o que eles recomendam nos Jogadores Anônimos. Então, eu volto a ficar puto, mas me fazendo de tonto peço que me empreste a revista um segundo, que quero ver se corre o cavalo de um amigo meu. Quando ele passa a revista eu a amasso toda e a jogo pela janela com o carro andando. Nessa hora, tenho a dimensão do grau de enfermidade de Fede, que totalmente fora de si desenha umas porradas no ar como querendo resgatar sua revista, num claro *delay*. Lógico que a *La Rosa* voa pelos ares e nós três a vemos cair bem longe, sobre o calçamento de pedra da rua Gorriti. Para quê, Fede parece mais transloucado do que nunca e passa todo o trajeto até à casa da sua mãe brigando pela perda da revista e também da tal corrida, claro. Quando ele desce na esquina das ruas Posadas e Rodriguez Peña se despede de nós com cara de coitado, prometendo que vai tentar não jogar mais, como se nós fôssemos responsáveis por ele e tivéssemos de controlá-lo para que se mantenha limpo. Assim que ele sai eu xingo muito o Nacho e exijo que nunca mais me arme este tipo de programa. Nacho pede que me tranquilize e diz que estou *très* louco e me pede um pouco para cheirar, mas eu respondo que nada a ver, que não estou louco nem tenho cocaína comigo. *E na sua casa?* – pergunta com o nariz em chamas. *Também não*, minto, *acabou tudo ontem à noite. Quando comprar mais do peruano eu peço um pouco para você, se quiser.* Ele não responde, apenas dirige rumo ao bairro mais caro da cidade para me deixar em casa.

Estou outra vez com palpitações. Começou quando cheguei em casa depois de uma festa. Estava bêbado e tive a péssima ideia de cheirar uma carreira antes de deitar. Não recomendo. Acabei dando voltas e voltas na cama. Intermináveis voltas como naquele filme do Al Pacino em que ele está no Polo Norte ou no Alasca, não me lembro. *Insônia*, acho que é o nome, mas não tenho certeza, confundo com o nome de uma música. Como não podia estar deitado porque fiquei paranoico e parecia que minha cabeça ia explodir, me levantei e comecei a percorrer todo o apartamento. Num certo momento, fui para a varanda, mas ventava muito e fazia frio. Além do mais, pensei na cena de Olmedo,[19] pendurado em Mar del Plata e me deu medo de terminar como ele, apesar de dizerem que o cara escondia toda a coca em um canto da varanda e eu nunca a colocaria ali, imagina se voa tudo à merda. Assim que voltei para dentro e continuei andando e andando, arrastando

---

19 Alberto Olmedo, famoso ator de comédias argentino que morreu tragicamente depois de cair da varanda de seu apartamento em Mar del Plata.

meus pés gelados sobre o tapete. As mãos transpiravam, o coração saía pela boca. O diagnóstico, depois da primeira consulta foi *panic attack*. Ao menos o nome em inglês lhe dá um toque de glamour, pensei naquela primeira vez, mas logo descobri que um montão de babacas também dizia ataque de pânico. Agora vejo que não tem nada de glamoroso, de fato imagino Betty me achando jogado no chão após um infarto e me parece uma cena bastante patética. Não tenho medo de morrer, mas tenho, sim, pânico de sentir dor. Se me garantem uma morte sem sofrimento assino agora, onde e como seja. O problema é sentir dor ou a maneira como vão encontrar você depois de morto, por exemplo, sentado no vaso com a calça nos tornozelos; eu morro só de pensar. A coisa é que sinto o coração saindo do corpo como se não fosse possível contê-lo em seu lugar. A cabeça explodindo, uma espécie de inquietude que não me permite ficar tranquilo. Dos pés frios e das mãos suadas, acho que já falei. *É o início de um panic attack*, falou o médico aquela vez, quando também perguntou se eu consumia drogas. "Drogas", disse, como se fossem todas iguais. Respondi que de vez em quando fumava um baseado com meus amigos, nada mais. Do pó não falei nada, só me faltava ser proibido disso também, para assim ter uma vida longa, saudável e chata. Não, obrigado. "Viva rápido, morra jovem e seu cadáver será belo", declarou Mick Jagger antes de se tornar um velho cinzento e enrugado. Como tomei meio ansiolítico e até agora não aconteceu nada, decido tomar a outra metade. Pego o resto do comprimido e olho para ele antes de metê-lo na boca. É rosa e tem uma letrinha que se funde na sua própria consistência, muito doido. Custo a engolir, mas jogo um jato de água na garganta e ele desce. A água parece potencializar o pó, como quando se toma êxtase e uma garrafa de água mineral para hidratar e poder continuar pulando como um louco. Nessa hora me lembro de uma festa eletrônica com Marina, mas isso foi há muito tempo e éramos felizes, principalmente por causa do êxtase que havíamos tomado, que era excelente. Não tem sentido viajar nessas coisas e muito menos neste momento. Passa pela minha cabeça chamar o Robert para que venha aqui, mas também não faz sentido porque ele vai começar a falar sem parar e em vez de me acalmar vou acabar ficando mais agitado. O melhor a fazer é esperar que o maldito ansiolítico faça efeito e depois dormir até que meu corpo se recupere. E a partir de amanhã: menos coca ou não cheirar uma carreira antes de deitar. Eu teria que ser muito idiota para morrer aos 31 anos por uma idiotice. Me pergunto como será morrer, se você se dá conta de que está morrendo, se depois de morto haverá algo. Haverá pó no céu? Imagino que sim, que há. Imagino o Poli Armentano,[20] vestido de gala, gerenciando uma sucursal da El Cielo[21] lá em cima. E pouco a pouco vou pegando no sono.

Escuto uma mensagem de Marina na caixa postal. Faz um tempão que não ouvia uma mensagem na caixa postal e me parece como voltar ao passado. Nota-se que ela cansou de ligar e como eu não atendia, decidiu que era melhor deixar uma mensagem de voz que mandar um WhatsApp. Marina diz que correu tudo bem, que está um pouco triste, um pouco vazia, mas que foi melhor assim. Agradeceu muito e disse que não vai se esquecer de tudo que eu fiz para ajudar. Na verdade, não fiz muito, quem se encarregou de tudo foi o Robert. Eu apenas lhe escrevi um e-mail dizendo quem ela teria que procurar e que não se preocupasse com gastos porque já estava tudo pago. Escrevi um e-mail porque quando nos separamos resolvi não mantê-la como amiga no Facebook. Por isso agora me escreve pelo WhatsApp ou deixa mensagens na caixa postal. A partir do momento que respondeu o e-mail, implorando para que eu a acompanhasse, não atendi mais suas ligações nem respondi suas mensagens, sendo assim não sabia de quase nada até agora. Alguma coisa através do Robert, que me disse que na clínica tudo havia corrido segundo o planejado. Fico aliviado de saber que tudo já acabou e que ela não vai mais me encher o saco. Seu aborto em si não me provoca nenhuma sensação em especial, mas fico feliz em saber que ela não vai ter um filho deste tal Daniel. De qualquer forma,

---

20 Famoso empresário da noite de Buenos Aires.
21 Emblemática boate portenha, propriedade de Poli Armentano.

já não estou nem aí e me parece impossível imaginar alguma espécie de futuro tanto com Marina como com Rochi ou com qualquer outra mulher. A única coisa que me excitava é o fetiche e o fato de saber que não vou vê-la grávida me causa uma certa desilusão, embora não tivesse nenhuma garantia de que caso sua gravidez prosseguisse eu a veria neste estado, com barriguinha, rosada e com todos esses sintomas que tanto me excitam. Enquanto penso em todas estas coisas estou em casa tentando trabalhar, mas não faço outra coisa senão olhar para baixo através da janela. Do lugar onde estou sentado, posso ver a via expressa com seus mil carros que vão e vêm sem parar. Fico olhando eles passarem e me pergunto o que estarão pensando todos esses homens sem rostos que atravessam por um segundo diante dos meus olhos. Me pergunto se eles pensarão o mesmo ao observar as janelas dos edifícios que vão atravessando o seu percurso de ida ou de volta de seus trabalhos monótonos. Vá saber. O que eu mais gosto nestes dias claros é que os raios de sol se refletem nos chassis dos carros e nos para-brisas. Brinco de olhar fixamente o reflexo até me incomodar a vista, pensando em todas as coisas que tenho de fazer antes de fechar o próximo número da revista. As matérias por terminar, outras para começar do zero, fechar com os anunciantes, orçar com outros, falar com o contador e com meu velho. Por ora, enquanto espero Betty me trazer o almoço, apenas olho pela janela.

CAPÍTULO

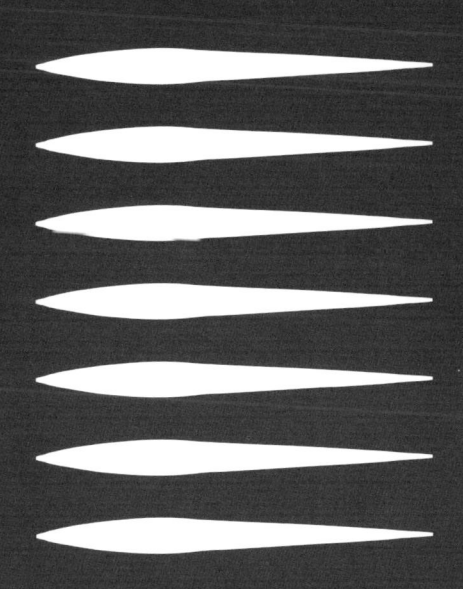

SÃO DUAS HORAS DA MANHÃ E estou sentado no bar do Hotel Faena com Alfred e umas garotas que eu não conhecia. Ele conversa comigo como se essas moscas mortas não estivessem presentes, ignorando-as completamente. Elas conversam entre si e, por vezes, ficam caladas escutando e aprovando tudo o que o Alfred fala. Na mesa, uns baldes com champanhe francês – cortesia da casa – e umas latas de Red Bull. Eu prefiro evitar as bebidas energizantes porque quando as misturo com coca sinto que meu coração bate a mil por hora. Alfred está me contando sobre seu novo business e esclarece que será financiado por uns caras de uma petroleira árabe que ele ciceroneia ultimamente, e que eu os conheci aquela noite no Tequila. O problema é que ele precisa de notas fiscais de valores bastante altos para justificar um montão de gastos e é por isso que, suponho, estou sentado aqui. No meio da conversa pede que as garotas nos deixem a sós porque quer falar umas coisas comigo e que deem uma volta pelo hotel que é lindíssimo, mas não demorem muito, pois logo vamos todos para o Tequila. Quando elas se afastam, diz: *Johnny, welcome to the big leagues*, como dando por certo que já estou dentro de suas pretensões. Eu peço que me dê uns dias para averiguar se meu velho pode ajudar com esse detalhe das notas fiscais, já que a revista não pode faturar tanto. O negócio poderia chegar a ser interessante pelo retorno que eu teria, embora saiba que, em se tratando de Alfred, pode ser absolutamente inviável. Porém, não quero arruinar a noite, muito menos pretendo que ele se ponha insistente, então digo sim a tudo. Alfred pergunta que dia é meu aniversário e quando respondo ele brinca que falta pouco e promete mandar um presente para a minha casa. Fala de umas gêmeas que ele conhece e diz que vai ser o melhor presente da minha vida, que eu jamais vou esquecer. Fico imaginando umas gêmeas na minha cama e a verdade é que me desperta muito tesão, mas não levo a sério porque sei que as promessas de Alfred são pura estratégia e quase nunca se cumprem. Agora me oferece levar para casa qualquer uma das três garotas que ele mandou passear pelo hotel. Conta que elas vieram de um teste que ele fez para um evento, que são bem gostosinhas e que topam qualquer coisa e que para o próximo teste vai me convidar para escolhermos juntos. Arremata: *o melhor desse tipo de garota é que elas não têm um puto no bolso, de modo que quando entram no carro são como um cheque em branco, você pode fazer com elas o que quiser.* Eu rio porque na verdade o sujeito é muito simpático, enquanto penso no bom que seria poder levar mais de uma.

Estou em casa com as duas aspirantes a modelo que trouxe para cá depois do Tequila e já cheiramos pó, tomamos champanhe e cheiramos mais pó. As garotas estão bem fogosas se beijando na minha poltrona e eu as olho e toco uma punheta devagar, desfrutando aquela cena, enquanto agradeço a Alfred com o pensamento. De vez em quando, uma delas olha para mim e ri com cara de puta e depois volta aos beijos com a outra e eu estou em êxtase. A mais morena pergunta se não quero filmá-las ou tirar fotos e eu respondo que não, que assim está perfeito e continuo a punheta. Com o controle remoto ligo o som e procuro uma musiquinha apropriada para este momento. Escolho Bossa Nova, mais por preguiça de continuar procurando que por outra coisa e não estou seguro de que seja a melhor música para a situação. Mas parece que as garotas gostam ou que para elas tanto faz porque começam a se moverem sensualmente e se tocam um pouco mais, sem parar de se beijar. Eu já estou quase, porém não quero me apressar. Cheiro outra carreira segurando o canudo com a mão esquerda e sem soltar meu pau da mão direita sinto a chicotada do pó e rio, pensando que agora sei o que sentia Tony Montana em sua mansão em Miami. Também penso em todos estes idiotas que dizem que quando estão cheirados não ficam de pau duro e rio um pouco mais. As garotas estão a mil e a *performance* fica cada vez melhor, *strip-tease* incluído. Quando já tiraram a primeira parte da roupa peço a elas que parem porque adoro as *lingeries* e essas duas cachorras, além de tudo, estão com umas calcinhas estonteantes. Quando já não aguento mais me ponho de pé, tiro torpemente as calças e cruzo a sala até a poltrona, que servia de cenário, onde elas estão. Então, ponho minha pistola entre as duas bocas e ordeno: *chupem, filhas da puta, chupem a pistola de Tony Montana.* E rio outra vez, antes do primeiro arrepio provocado pelas duas línguas simultâneas.

Estou sentado em frente a Norberto, meu psicólogo. Meu velho me fez prometer que viria uma vez por semana quando, segundo ele, lhe "confirmaram" que eu estava cheirando cocaína. Quando me encarou, papai pensou que eu fosse negar, mas não, respondi que cheirava de vez em quando e que o álcool e o cigarro faziam mais estrago que a cocaína. Ele perguntou: *diz isso por sua mãe?* Não respondi. A promessa, ele conseguiu sob ameaça de cortar todo o dinheiro, para mim pessoalmente e para a revista. *É um acordo de cavalheiros,* disse, embora os cavalheiros não existam mais. De modo que venho há uns seis meses ao consultório de Norberto, que também é o psicólogo do meu irmão. Não sei se isso é moralmente aceito entre os psicólogos. Também não estou interessado. Na verdade, eu queria era ir ao psicólogo do Javi, do qual ele ficou amigo e que de vez em quando ainda lhe dá uns ansiolíticos, em troca de algum papelote de pó que o meu amigo deixa cair sem querer no meio da sessão. E tem mais, Javi vai quando quer e às vezes dão uns tecos juntos. No meu caso, a questão é comparecer, fazer-me presente no consultório de Norberto. Além disso, não há muita exigência. De fato, já cheguei sem dormir, completamente quebrado e tirei mais de uma soneca no seu divã. Nesses episódios, que até então não foram muitos, Norberto se limita a me despertar no final da sessão. Dinheiro fácil e rápido para ele. Sem encheção de saco para mim. Outras vezes jogamos xadrez e até chegamos a estudar inglês juntos. Muito doido, mas é verdade. Tenho para mim que os psicólogos não gostam de trabalhar muito. Assim, quando tenho alguma coisa para contar, conto, como nesta oportunidade e Norberto se limita a me responder com uma pergunta. Exemplo: se eu digo que não entendo porque Marina continua me ligando ou falando de coisas que deveria falar com Daniel ou com seu namoradinho do momento, ele fala: *E você, o que acha disso? Por que você acha que ela está fazendo isso?* Ou seja, transforma o meu problema em uma interrogação e muitas vezes a divide em duas perguntas distintas. Dessa forma, sua contribuição se resume a zero respostas, muito tédio e mais incertezas para mim. Sinto como se ele estivesse roubando o meu dinheiro, mas logo me lembro que não sou eu quem paga e fico um pouco mais tranquilo. Também me vem à cabeça o Fede, que durante mais de um ano disse para a sua mãe que estava fazendo um tratamento terapêutico pago por ela, o que era mentira. Era mentira que ele fazia o tratamento porque pagar, a sua mãe pagava. O caso é que Fede pegava o dinheiro, que supostamente era para a psicóloga, na qual ele foi somente uma vez e apostava tudo nos cavalos. Não sei o motivo, mas outra vez estou contando alguma coisa para o Norberto, talvez porque toda vez que converso com meu irmão ele me diz que vir aqui lhe faz muito bem. Talvez porque no fundo eu tenha esperança de que alguém me escute ou me ajude com este rolo de merda que é a vida. Não sei. Estou contando para ele sobre o aborto de Marina e de tudo o que tive que resolver e me encarregar. *Estou muito cansado,* confesso. Norberto me pergunta, ou se pergunta em voz alta: *você sabe por que está tão cansado?* Para mim, é quase uma emoção estar diante deste momento histórico, em que finalmente esse psicólogo de merda vai me ajudar com alguma resposta. Norberto fica me olhando, como que hipnotizado e eu não entendo. Contra-ataco: *não, por quê?* E ele se mostra surpreendido e diz: *sou eu quem está perguntando, você sabe por que, Johnny?* Então, percebo que não era uma pergunta retórica, uma indagação prévia à resposta que ele mesmo concederia, senão mais uma de suas insuportáveis reperguntas. Digo que não e peço licença para ir ao banheiro. Geralmente, procuro não me drogar no consultório de Norberto, mas desta vez necessito urgentemente de uma carreira. Odeio os psicólogos.

Rochi confessa que tem pânico de ficar grávida, por isso sempre me manda pela via alternativa. Quando diz "via alternativa" tenho vontade de bater nela com um taco de beisebol, por ser tão ordinária. Logo para mim, que aprendi que as mulheres fazem o número dois e não que cagam e essa filha da puta me vem com "via alternativa". É demais pra mim. Depois conta que fazia seu ex colocar camisinha e me conformo enquanto penso que agora, de certa forma, estou no lugar deste pobre sujeito. Estou cansando de transar com Rochi, só se salva mesmo pelo prazer que sinto toda vez que acontece e me lembro que estou comendo o cu da amiga íntima de Marina. Além do mais, da última vez tirei meu pau sujo de merda e nada me dá mais nojo que isso. Rochi continua falando e conta que fez as pazes com Marina e que ela está deprimida porque fez um aborto sem estar muito convencida. Pobre infeliz, penso, nem sequer deve saber de quem era o feto que abortou. Ela me conta isso como se eu não soubesse nada a respeito do assunto, nem tivesse providenciado tudo e inclusive pagado o aborto, claro. Diz também que para ela o pai era o Daniel e começa um discurso sobre ele, na verdade não é um cara para Marina e que não entende como ela pôde ter se envolvido com ele, blá blá blá, etcetera. Eu me contenho para não jogá-la pelo fosso do elevador. Rochi pula de um assunto a outro sem sequer tentar relacioná-los entre si. Agora fala de uma menina no pilates que a intimida, "no bom sentido da palavra". Imagino que ela nem saiba o que isso significa. Fala que não descarta a possibilidade de ficar alguma vez com uma mulher, porque isso sempre a intrigou, e que entre duas mulheres não há o risco de engravidar. Também que há que provar de tudo nesta vida e a tal garota tem um corpaço e que às vezes se pega olhando a bunda e os peitos dela enquanto a outra dá risadinhas, mas até agora nenhuma das duas se animou a nada. Depois ri e fala: *se prepare porque se você se comportar bem, um dia eu venho aqui com ela.* Eu rio porque a ideia me excita e me vem à cabeça uma cena onde está Rochi, Marina e eu e a coisa esquenta, então faço um sinal a ela para que se aproxime e a mando virar, porque outra vez me deu vontade de ir pela via alternativa.

Mamãe está sentada no café do Museu Malba vendo a seção de óbitos do jornal *La Nación*. Sobre a mesa, há uma taça de champanhe que borbulha, incansável. Ela me chamou porque precisava falar comigo. *Filhote, preciso conversar com você*, disse. Agora lê em voz alta os nomes de senhoras da sociedade que morreram recentemente. *Sabe quem morreu?* – pergunta. E ela própria responde. *Grace não sei das quantas, você se lembra dela?* Faço que não com a cabeça porque não tenho a menor ideia de quem seja Grace. *Sim, ela ia sempre à fazenda quando você era menino, você a viu muitas vezes, era tão amorosa.* Mamãe diz "amoroso" a quase todo mundo. Encolho os ombros e faço cara de que não me lembro. *Coitada*, diz, *a última vez que a vi foi no Patio Bullrich,*[22] *ano passado. Nossa, quase não há avisos!* Mamãe continua com o seu monólogo, falando das diferentes notas e repassando todos os mortos alfabeticamente, até que alguém chega e a interrompe. É a garçonete que quer saber se queremos alguma coisa. Peço um suco de tomate e ela diz que não tem. Escolho suco de laranja natural e a moça se retira anotando o pedido. Pergunto a mamãe por que eu estou aqui e ela me pede que não fique ansioso, que vai me falar e começa a rir daqueles que continuam divulgando sua vida social ou seus compromissos nos jornais. Lê um a respeito do nascimento de uma menina a quem deram o nome de Priscilla e ela ri e comenta: *Que horror, pobre garota! Priscilla, uma cruz para toda a vida. Quase me engasgo com a champanhe depois de ler esse nome.* E reconhece que na sua época era bem visto colocar esses anúncios, ao passo que agora é coisa de "novo rico." Depois começa a falar do carro do meu irmão que é um horror e eu faço que sim com a cabeça porque concordo que os Audi são uma porcaria. A garçonete torna a interrompê-la ao trazer o meu suco e nessa hora chega o meu irmão, nos cumprimenta, senta a seu lado e aproveita para pedir uma taça de champanhe como a dela. Eu não sabia que meu irmão também tinha sido chamado e, por sinal, trinta segundos atrás estávamos falando mal dele. Começo

---

22 Famoso shopping de Buenos Aires, bastante frequentado por gente abonada.

a suspeitar que mamãe tem algo importante para nos dizer. Importante para ela, claro, porque para mim com certeza é uma bobagem qualquer, mas algo me intriga e tenho pressa de ir embora. Então volto a perguntar para que estamos aqui e outra vez ela começa a falar de qualquer coisa. Pergunta para o meu irmão como ele está indo com o golfe e ele conta que ganhou um *four ball* e que fez o par de campo e não sei que outras babaquices e ela diz *humm*, enquanto repassa a seção de espetáculos. Do carro novo não fala nada. Depois conta que o último filme com Ricardo Darín recebeu boas críticas, mas esclarece que ela não consegue ver filmes argentinos. *Porque são chatos e deprimentes, como o tango, como tudo o que é argentino*, e ri de sua própria colocação. Pergunta se assistimos e nós dois respondemos que também não vemos cinema nacional. Chega a garçonete e lhes serve uma Baron B, e em seguida leva a garrafa vazia enquanto me pergunto em qual taça estará a velha. Eles brindam e mamãe diz *cheers* e olha para nós nos olhos antes de tomar. Porque mamãe não bebe, mamãe "toma", que é mais refinado. Em seguida, nos pergunta se ficamos sabendo o que aconteceu com Belém não sei das quantas, uma garota da nossa idade que conhecemos em Punta del Este e que não vemos desde a adolescência, faz mil anos. Nós dois respondemos que não e ela sorri para gerar expectativa e nos conta meio sussurrando que, na verdade, ela não é filha de seu pai. Então, meu irmão pergunta se é filha de desaparecidos políticos e mamãe responde: *aí não, meu querido, please, o que está falando? Que desaparecidos que nada, é filha da alta sociedade, nada mais.* Esse final ela diz com um tom irônico. Mamãe explica que na realidade parece que a mãe dessa menina teve um *affaire* – "um *affaire*", diz – com um amigo do seu marido e ela é filha desse amigo. Que depois de não sei quantos anos tudo veio à tona, ninguém sabe como, e a mocinha – mamãe diz "mocinha", embora já não seja tão mocinha – ficou sabendo de tudo e armou um baita escarcéu. De modo que agora a tal Belém tem dois pais, o que a criou e o verdadeiro. E eu não sei que caralho eu tenho a ver com isso, mas há que reconhecer que mamãe conta bem a história, com simpatia e a fluidez que a champanhe lhe dá, antes dela passar do ponto. Eu espero o final da história e rio também, para poder contra-atacar e perguntar para que estamos aqui reunidos. Mamãe finalmente decide encarar a situação e nos conta que está muito sentida porque não pode ver os seus netos, que minha irmã torna a sua vida insuportável, que a única coisa que faz é criar cumplicidade com papai, que das últimas vezes que conversaram, se portou como uma verdadeira advogada que sempre diz o que ela pode e o que não pode fazer e que ela está farta. Minha irmã parou de levar os netos para a casa de mamãe depois de uma vez em que ela se embebedou pesado e trancou as crianças num quartinho. Pía soube do ocorrido porque o mais velho contou tudo. Então, ela disse para mamãe que ela era uma velha bêbada e a partir daí nunca mais a deixou sozinha com os netos. Atualmente, ela só os vê em algum aniversário, quando Pía está presente e mamãe abstêmia. Também disse que em qualquer momento e lugar que ela a vir "bebendo", imediatamente se levanta e vai embora. E leva os seus filhos, claro. Uma vez mamãe nos pediu que falássemos com Pía para fazê-la voltar à realidade, porque ela queria ver os seus netos como todas as avós, mas eu e meu irmão dissemos que não tínhamos intimidade com ela, que as únicas pessoas que ela escutava eram papai e o idiota do marido. Além do mais, neste caso, Pía tem razão. Mamãe é uma velha bêbada. Isto é o que eu penso, lógico, já que meu irmão sempre se solidariza com mamãe porque ele também é alcoólatra. E também não tem muita capacidade de análise e muito menos colhões para encarar a vaca da minha irmã. Mamãe diz que podemos ficar tranquilos, pois ela não vai mais nos pedir para falar com Pía, que na verdade ela tem um pouco de razão, que algumas vezes passa um pouco do ponto com a bebida, blá blá blá, etcetera. Que afinal, o que resolveu é que vai se mudar do apartamento do centro, que vai mantê-lo somente como um *pied-à-terre*. Diz *pied-à-terre*, textual, em um francês impostado, que ela acredita que dá um toque superdistinto. Meu irmão pergunta para onde ela vai e ela nos conta que vai ficar metade do ano em sua casa do condomínio e a outra metade no apartamento de verão de Punta del Este. Explica que assim se manterá mais afastada das tentações e que tentará desintoxicar-se um pouco para poder construir uma melhor relação com seus netos. Que nós podemos visitá-la sempre que quisermos e não adianta fazer questionamentos, porque já é uma decisão tomada. Eu escuto atentamente, mas não acredito em quase nada do que ela diz. Também vejo que mamãe continua me surpreendendo quando traz um comunicado tão estúpido como este achando que nós ficaríamos em estado de choque. Sentirá de fato ser algo transcendental decidir morar uma parte do ano em Punta del Este? Pensa realmente que seríamos capazes de questionar essa decisão? Acredita mesmo que vamos visitá-la? No entanto, o burro do meu irmão, que nunca conseguiu superar o seu complexo de Édipo diz que se para ela é o melhor, tudo bem, que faça isso, mas que vamos sentir muitas saudades. *Vamos*, diz, no plural, me incluindo sem consulta prévia. Faço que sim com a cabeça enquanto me pergunto por que não me deixaram de fora de uma situação familiar tão ridícula como esta. Mas também fico aliviado ao lembrar que trouxe meu papelote e que ele está no porta-luvas do carro estacionado ali na esquina. Porque logo, logo, vou precisar dele.

CAPÍTULO

ABRO O FACEBOOK E DESCUBRO que hoje é meu aniversário. Vejo algumas mensagens na minha linha do tempo, quase todas dizendo: *parabéns, um abraço!!!* Mais da metade são de pessoas que não eu vejo nunca e não sei por que são meus amigos no Facebook. Curto algumas que me interessam um pouco e começo a checar as fotos da loira, que também deixou uma mensagem. A loira tem várias produções de moda de uma marca desconhecida e bastante fuleira. As fotos não valem muito. Também vejo fotos de pratos vegetarianos que ela considera deliciosos, fotos de *yoga ayurveda*, de Sai Baba e todas essas coisas que me parecem uma chatice. Há ainda alguns *links* para o YouTube. Entro e vejo que ela participou de uma espécie de *reality show* mexicano, horroroso. Descubro que a loira é péssima atriz. Em uma cena eles a fazem fingir um orgasmo, como no filme *Harry e Sally* e me dá uma espécie de vergonha alheia, de modo que interrompo a reprodução do vídeo. Continuo investigando e vejo que suas últimas atualizações têm a ver com o meio ambiente e que ela curtiu várias coisas do Greenpeace. Saber que a loira posa de ecologista me dá vontade de vomitar. Odeio os ecologistas. Odeio as pessoas que querem salvar os animais, que são contra comê-los e essas coisas. Me pergunto se essa garota realmente pode me interessar ou se no fundo ela me deixa nervoso apenas por se parecer com a loira burra da música do Sumo. Não que eu goste deles, claro que não gosto, odeio as bandas argentinas, mas pelo menos eles cantam em inglês. A vida inteira eu preferi o *rock* britânico que quatro bonecos argentinos que continuam falando da influência dos Beatles e dos Rolling Stones, cinquenta anos depois. Se for assim, muito melhor escutar os Beatles e os Stones diretamente e ir agregando coisas novas como Muse, Blur, Radiohead, Franz Ferdinand, Arctic Monkeys, os britânicos. Também não gosto muito de música americana, Foo Fighters, The Killers, estão sempre um patamar abaixo.

Toca o celular e é minha irmã. Atendo e ela me dá os parabéns perguntando se pensei em fazer alguma coisa, se vamos nos reunir em família, blá blá blá, etcetera. Digo que acabo de acordar e que tive uma noite bastante agitada e ela diz *nossa...*, e me lembra que são duas horas da tarde, como se fosse proibido acordar a esta hora. Peço a ela que, por favor, não me encha o saco, que hoje é meu aniversário e ela meio que se ofende, mas disfarça – porque é meu aniversário – e me diz *ok*, ela me ligou de boa e que se eu quisesse podíamos nos juntar em sua casa para eu ver os meus sobrinhos, que eles gostam muito de mim. Diz para pensar no assunto e ligar para ela avisando, assim, ela pede à empregada para preparar tudo. Respondo que tá bom, obrigado, que em um instante eu vejo isso. Quando nos despedimos abro algumas mensagens no WhatsApp. Uma delas é de Rochi e diz: *parabéns para o meu amante predileto, nos vemos esta noite?* Enquanto penso que esta garota está se achando a tal e o que a fez pensar que eu ia querer passar a noite do meu aniversário com ela, vejo outra mensagem, de Marina. Diz simplesmente: *feliz niver, I love you*. Típico de Marina. E ainda que me dê um pouco de saudade, de súbito a elimino da minha mente ao recordar que os dois aniversários passados com ela foram uma verdadeira merda. Odeio fazer aniversário, odeio a obrigação de festejar, de sorrir, os presentes, o bolo com velas e etc. O celular também avisa que tenho duas mensagens de voz e eu já imagino quem são os dois únicos seres que ainda continuam deixando mensagens de voz no meu celular. Resignado, começo a escutá-las. Mamãe: *olá, filhote, filho adorado, que você tenha um aniversário maravilhoso, maravilhoso, me lembro quando você nasceu, era tão lindo. Ligo mais tarde para ouvir sua vozinha, mamãe.* Pela voz parece que ainda não bebeu hoje. Ainda. Seleciono excluir mensagem. A outra é do meu velho, claro: *olá, Johnny, aqui é papai, ligo para desejar um feliz aniversário, espero que esteja aproveitando muito. Mando um grande abraço, vamos ver se nos encontramos.* Seleciono excluir mensagem. Estou fazendo 32 anos e me parece muito. Aconteceram muitas coisas em todo este tempo, mas nada realmente espetacular. Não sei por que, penso nos meus pais na minha idade e me dou conta de que antes as pessoas faziam muito mais coisas. Tinham filhos, trabalhavam, cursavam uma universidade, liam livros e etc. Faziam muitas bobagens também, mas entre umas e outras parece que assumiam mais responsabilidades. Para quê, eu não sei. Para casar, ganhar muito dinheiro, ter três filhos e separar-se depois, como no caso da nossa família. Para tornarem-se alcoólatras ou amantes de jovens exploradoras, enquanto continuam indo aos mesmos clubes e encontrando as mesmas pessoas por décadas. Para depois terem netos e sentirem-se orgulhosos de sua filha mulher, a advogada muito bem casada com o economista – leia-se a imbecil da minha irmã e o babaca do meu cunhado. E além do fato de terem de sustentar dois vagabundos, um que bate na sua mulher e também é alcoólatra e o outro que é drogado e nunca vai se casar porque tem uma personalidade complicada. Enquanto penso nessas coisas chega uma mensagem no Facebook. É meu irmão: *feliz aniversário, mano!* Eu ignoro, minimizo a janela e seleciono encerrar sessão. Vou para a cozinha e encontro uma bandeja coberta com um pano de prato. Destampo e vejo risoto de trufas, um dos meus pratos preferidos. E um *post it. Feliz aniversário, senhor. Deixo o almoço para quando acordar. Espero que goste, Betty.* Meu primeiro sorriso de aniversário vai para minha fiel Betty, uma diva. Torno a cobrir a bandeja porque ainda não quero comer e busco na geladeira o suco de laranja natural que ela prepara para mim todas as manhãs. Tomo o suco e me sinto renascer, a ressaca de ontem parece que está passando. Penso em cheirar uma carreira ou pelo menos dar um tirinho de leve, mas talvez não seja uma boa ideia, porque esta noite tomei dois ansiolíticos para conseguir dormir. A reunião de ontem foi aqui em casa e passamos a noite cheirando e jogando pôquer. Sacrifiquei meu melhor uísque e, mesmo assim, ninguém se lembrou do meu aniversário.

À tarde, recebo uma ligação de Georgie me desejando feliz aniversário. Georgie é o tio *snob* de Marina, que está sempre queimado de sol e com todos os músculos marcados, mas ele se veste tão bem que dá gosto vê-lo. Ele é seu padrinho também e os dois têm uma relação muito próxima desde que o pai dela deu um calote num banco e esteve preso por alguns meses. Depois disso, a relação entre Marina e seu pai foi praticamente nula, porque o velho ficou arruinado e atualmente mora numa pensão. Ele tem vergonha de ver os filhos e nunca mais quis ou não conseguiu retomar a relação com eles. Georgie é irmão da mãe de Marina, que morreu quando ela era criança, sendo o parente mais próximo dela, porque com os irmãos ela também não se relaciona. No tempo em que estivemos juntos fiquei muito amigo de Georgie e era comum nos encontrarmos com ele e sua mulher e sairmos os quatro para jantar. Além do mais, eles não tiveram filhos, assim que adotaram simbolicamente Marina como se fosse deles. O único problema é que o Georgie, pouco a pouco, começou a me procurar, a querer se aproximar demais, fazendo insinuações sempre que podia e uma vez, meio bêbado, cometi o erro de ter uma "situação" com ele. Tinha brigado com Marina e ele ligou dizendo que estava perto da minha casa e se poderia passar para tomar um uísque, como tantas outras vezes. Concordei, pois não fazia nada no momento e secamos uma garrafa de Jack Daniels. Logo aconteceu o que nunca deveria ter acontecido. Georgie perguntou se podia me chupar e eu, entre a bebedeira, a raiva pela briga com Marina e o tesão de imaginar o tio da minha namorada com meu pau na boca, disse que sim. Quando ele quis passar dos limites eu o botei para fora do apartamento aos empurrões e desde este dia nunca mais falamos do assunto. É como um pacto de silêncio, sem consenso prévio. Ambos fingimos que nada aconteceu, eu me blindando com a bebedeira e ele envergonhado ante a possibilidade de eu tocar no tema alguma vez. Apesar de que para nenhum dos dois é conveniente que venha à tona o que aconteceu naquela noite em minha casa, parece que ele acabou ficando mais envolvido do que eu, que no dia seguinte já queria eliminá-lo da minha cabeça ressaqueada.

Georgie, ao contrário, continuou com seus olhares, buscando uma cumplicidade que nunca mais permiti, ligando para mim de vez em quando e tratando de mediar os conflitos entre Marina e eu. E o cara ainda se lembra religiosamente do meu aniversário e aproveita a ocasião para ligar e conversar. Desta vez, depois do formal cumprimento pelo aniversário, me conta que Marina não ficou nada bem depois do aborto e que ele sabe que eu não tenho nada a ver com isso e que já fiz o bastante, mas mesmo assim eu poderia ligar para conversar com ela e tentar consolá-la, porque ela está muito deprimida e sempre lhe faz bem conversar comigo. No meio do papo ele aproveita para dizer que também quer saber de mim, que quanto tempo, como vai a revista e as minhas coisas, blá blá blá, etcetera. Eu digo que tudo bem e mudo a conversa rapidamente temendo que ele fique carinhoso, porque já estou meio incomodado e ele percebe, então nos despedimos. Quando encerro a chamada vou ao *scotch bar*, me sirvo um Jack Daniels com muito gelo e sento em minha poltrona. Enquanto misturo o líquido com o indicador da mão direita e escuto o som das pedras de gelo contra o vidro do copo, me lembro da cara de veado do Georgie com meu pau na boca e começo a rir sozinho como um demente.

No dia seguinte ao meu aniversário, acordo às quatro da tarde e me dói absolutamente tudo. Sinto partes do corpo que nunca havia sentido, músculos que eu não sabia que existiam, todos com pontadas arrepiantes de dor e muita ressaca. Vou para o banheiro, me olho no espelho e vejo que minha barba de três dias cuidadosamente feita está cheia de manchas brancas. Pareço um Papai Noel. Tiro do rosto um resquício da coisa e o meto na boca, que imediatamente fica anestesiada. É pó, como eu suspeitava. Tomo um sal de frutas e arroto várias vezes olhando o meu rosto detalhadamente. É verdade que estou um pouco magro, penso e estico as orelhas, que se caem negras sobre os olhos como as de um *bulldog*. Sou um Papai Noel magro e com ressaca. Sinto o intestino revirado e vou para o vaso para ver o que acontece, mas só saem umas gotinhas de sangue que reluzem ao caírem sobre a água transparente. Suponho que sejam as hemorroidas que sempre me castigam depois de uma noite de excessos. Ou talvez algo mais grave, que não pretendo investigar. O que sim me preocupa é não me lembrar de praticamente nada de ontem à noite. Tenho um registro muito reduzido na memória. Tenho claro que queria fazer algo diferente, assim que marquei com os amigos para nos encontrarmos no Leopoldo, um bar novo que abriu no Boulevard Cerviño. Que chegando lá nos sentamos em uma mesa e pedimos duas garrafas de Chivas e começamos a beber. Que estavam Robert, Javi, Nacho, Martín e Sebas que, para o seu martírio, se encontrava em Buenos Aires. Que alguém propôs chamar o Fede, mas eu disse que não, que tinha cortado relações com ele. *Não é mais meu amigo, se é que algum dia tenha sido*, argumentei. Por sorte nenhum deles veio com namorada, nem nada parecido. Secamos as duas garrafas e Robert foi embora cedo, não sei com que desculpa. E acho que pedimos outra garrafa. A partir daí minhas lembranças se deterioram, aparecem fragmentadas, com imagens de pequenos momentos insignificantes da noite. Depois já não tenho mais nada em meu disco rígido. Não sei o que aconteceu, nem como cheguei em casa e a que horas tudo terminou. Procuro mergulhar em meu próprio cérebro e não adianta. Sim, me lembro de que eu fui de carro, o que não sei é se voltei dirigindo como Leonardo DiCaprio em *O lobo de Wall Street*, se atropelei vinte pessoas no caminho de volta ou se tenho o tigre do Mike Tyson no meu apartamento como no filme *Se beber, não case*. Retomo meus passos de ontem à noite procurando indícios ou sinais que me confirmem que tudo está em ordem, que não matei ninguém e que não vão me colocar numa cela junto com um monte de negros. Saio do banheiro e vou verificar onde está a chave do carro e a encontro no *hall* de entrada, junto com as da casa, o que me deixa um pouco mais tranquilo. Encontro também meu celular e minha carteira, mas dentro dela não há nada, nem rastros de papelotes e falta meu cartão de crédito. Visto-me rapidamente e desço até a garagem. Quando saio do elevador entro na minha X6 pelo lado do motorista e tudo parece estar em ordem. O carro está impoluto em seu lugar de sempre, sem nenhum arranhão. Pelo menos não bati contra nada nem ninguém, suspiro. Quando dou a volta confirmo que o outro lado também está intacto, mas vejo que ao lado da porta do passageiro, invadindo um pouco a vaga do vizinho, tem um vômito marrom nojento. Concluo que fui eu, apesar de não me lembrar de nada. Abro a porta do carro e vejo que o assento do passageiro, o porta-luvas e o câmbio estão completamente brancos. Tudo cheio de pó, um desastre, tenho de limpar isso o quanto antes. Também preciso me certificar se lá em cima sobrou um pouco de coca para mais tarde. No chão, encontro meu cartão e o guardo no bolso. Pego o celular e ligo para o Martín para que ele me localize no tempo e no espaço e me conte que merda aconteceu ontem. Martín não atende. Tento o Javi e ele me atende o mais normal possível. Diz que está meio acabado porque no final das contas foi dormir às oito da manhã. Peço que me conte o que aconteceu noite passada e ele ri como um idiota. *Sério, cara, não me lembro de nada,* digo. Javi ri um pouco mais e fala que secamos as duas garrafas de uísque, que Nacho foi buscar a namorada e juntos com Martín foram para o Tequila, porque a noite se acabava e o Leopoldo estava péssimo. Que Sebas e eu pedimos outra garrafa e ele foi embora, mais do que isso não podia me contar. Agradeço a informação, me despeço e ligo para o Sebas que fala que num determinado momento da noite eu disse que estava muito cansado, apoiei um braço e a cabeça sobre a mesa e em um segundo estava apagado. Que ele nunca mais conseguiu me acordar. Que então me arrastou até o meu carro e me levou para casa fugindo de blitz com bafômetro, porque ele também estava completamente bêbado. Que quando entramos no carro foi o único momento em que eu acordei, tirei meu papelote de pó e cheiramos para curar um pouco a bebedeira. Que graças a isso ele pode dirigir até a minha casa. Que no caminho eu estava enlouquecido e comecei a meter a cara como um cachorro dentro do papelote, que ele me pedia para parar com aquilo porque era um perigo e ele tinha medo que a polícia nos visse e que então o saquinho caiu e espalhou pó para todo lado, um escracho total e ele já estava em pânico com medo de que alguém nos parasse. Que finalmente chegaram sãos e salvos e eu então desci do carro, vomitei ali mesmo e deixei tudo feito um asco e ele conseguiu me colocar no elevador, entrar comigo no apartamento e me colocar na cama. Que foi horrível, que nunca mais vem a Buenos Aires, que prefere ficar tranquilo na sua casa em Punta del Este. Eu lhe agradeço a ajuda e pergunto até quando fica na cidade. Sebas diz que quer ir embora o mais rápido possível, mas depende da estúpida da Jackie e do insuportável do seu bebê que tem de ir ao pediatra. Nos despedimos e ele desliga. Chamo o Robert e encomendo um pouco mais da melhor merda do mundo, que é a do peruano, e ele diz que acabou de me dar um papelote cheio anteontem, que relaxe um pouco. Explico que caiu tudo, que meu carro é um desastre e ele compreende. Peço também que assim que puder, o quanto antes, venha à minha casa para levar a X6 para lavar.

    Estamos comendo um cordeiro na casa de campo do meu velho, comemorando meu aniversário número 32. No final das contas, recusei os convites da minha mãe e das minhas amantes e decidi festejar com esta parte da família. Mamãe se aborreceu um pouco porque ficou de fora. Meu irmão disse que não podia vir porque iria se encontrar com sua mulher para conversar. Assim que aqui estou, com papai, sua namoradinha Mery, minha irmã Pía, meu cunhado e meus sobrinhos. O cordeiro está muito bom, acompanhado de milho, batatas assadas, pimentão e ovos, tudo feito na brasa. Hoje tenho um pouco de apetite, além do mais, Rolo tem um domínio impressionante da *parrilha*. Rolo é o caseiro de papai e prepara um churrasco inigualável. Durante a sobremesa, todos falam das crianças que já foram brincar por aí, que o colégio, os amigos, os pais da escola, os torneios intercolegiais e não sei que outras coisas que me enchem bastante o saco. Eu peço um charuto para papai e saio para fumar no jardim e brincar um pouco com os meninos que na verdade são legais, apesar dos pais que têm. Logo nos chamam de volta com um típico sino antigo avisando da chegada do bolo, que vem com um monte de velinhas. Eles cantam o *happy birthday* e dizem para pedir três desejos e eu não sei que merda pedir, mas fecho os olhos e finjo que peço. Depois sopro várias vezes porque são dessas velas difíceis de apagar. Cortam o bolo e me oferecem, mas eu não aceito. Todos comem, principalmente os meus sobrinhos, que estão encantados com o chocolate. Tiram uma foto comigo e eu ponho um sorriso automático para o álbum de família e me pergunto até quando durará este martírio. Então, minha irmã anuncia que vai fazer as crianças dormir um pouco e papai e Mery pegam os utensílios de jardinagem e avisam que vão cuidar das roseiras. Eu me despeço dos meus sobrinhos com um abraço e beijos enquanto escuto o meu cunhado sugerir um jogo de tênis, mas eu digo *não, obrigado*, que estou cansado e sem energia. Então, o convencido insiste dizendo que joga bem devagar e eu olho para ele soltando faíscas. *Daqui a pouco vou embora*, digo, antecipando minha retirada. Antes disso, caminho com papai e Mery em direção às roseiras, que estão precisamente atrás da quadra de tênis. Começo a conversar com papai e comento das notas fiscais do Alfred para ver a sua reação e ele me fala que o deixe estudar o assunto e que passe tudo por e-mail para o seu contador. Noto que a ideia não lhe agrada nem um pouco e que está sendo gentil porque é meu aniversário, mas intuo que eu não vou poder fazer nenhum negócio com Alfred e vou continuar dependendo dele para o resto da vida. Isso também não me preocupa, pois não ponho fé nos delírios do Alfred e, sobretudo, porque nunca chegou seu tão badalado presente das gêmeas a domicílio. Papai e Mery começam a cortar as rosas com delicadeza, numa espécie de terapia de casal, tirando folhas do talo aqui e ali, arrancando os espinhos e limpando as flores. Por um momento sinto um certo prazer em observá-los, ainda que passe rapidamente. Entre uma tesourada e outra, papai pergunta o que eu quero ganhar de aniversário. Respondo que nada, que não se preocupe, sabendo que ele vai me dar alguma coisa muito cara, sem chegar a ser uma X6, claro, que ganhei nos meus 30. Pergunta também se preciso de dinheiro e eu dou uma de que não preciso de nada, um pouco ofendido porque ele não se interessou no bom negócio que eu lhe trouxe como proposta. Sei que acabará me dando dinheiro, mais do que poderia haver pedido. Papai me olha e pergunta se estou bem, se para mim é importante fazer este negócio com meu amigo e se ele é de confiança. Eu encolho os ombros sem muita vontade de responder, porque já tenho sérias dúvidas quanto a embarcar realmente nesse negócio das faturas com Alfred. Na realidade, seria muito mais fácil pedir a papai um bom dinheiro e esperar meu presente de aniversário e também o de natal, que está próximo, mas isso seria depender eternamente de sua conta bancária, sem me livrar nunca dele. Como se alguém fosse capaz de se libertar tornando-se sócio de Alfred. Enfim. De repente, papai muda de assunto e começa a me contar que está pensando em se casar com Mery e vejo que ela atiça os ouvidos e se aproxima dissimuladamente entre as roseiras. Pergunta o que acho disso e eu volto a encolher os ombros. Pergunto se ele fez alguma coisa nos cabelos porque desde o seu aniversário eu não o encontrava e, entre o sol e as roseiras, noto algo diferente no seu couro cabeludo. Ele abaixa a voz e sorrindo me confessa que fez um implante para disfarçar as entradas e que também fez uma coloração, enquanto olha para Mery e eu detecto um sorriso cúmplice entre os dois. *O que você achou?* – me pergunta, *não pareço muito mais jovem?* Digo que sim, que ficou ótimo e vejo que não vou suportar mais essa tortura, então me despeço dos dois e me dirijo para a minha X6, que descansa no final do arvoredo do caminho de entrada. Entro no carro com o estômago cheio de cordeiro e penso que a reunião não esteve tão ruim e que talvez durante a semana fosse bom ir almoçar com mamãe. Ligo o carro e assim que passo o portão de saída freio no caminho de terra e dou um tiro bem generoso para evitar o sono e empreender o regresso bem acordado. A tarde está começando a cair e ainda tenho de passar em casa, tomar um bom banho e me preparar para ir ao Tequila.

Chego um pouco tarde ao apartamento de mamãe na rua Castex e ela está sentada na mesa me esperando. Ao seu lado está o meu irmão e junto deles uma garrafa de Baron B e duas taças, que certamente já foram esvaziadas diversas vezes. Os dois se levantam e me desejam feliz aniversário atrasado. Meu irmão me dá um presente e pede para só abri-lo em casa porque é uma surpresa e ele não quer estar diante de mim quando o abrir, pois me sentirei obrigado a dizer que adorei.

Mas, se não gostar, posso trocá-lo. Mamãe me dá um envelope e diz que não sabia o que me dar de presente e que eu compre o que quiser. Olho para dentro e vejo um monte de notas de cem dólares bem interessantes e imagino todo o pó que posso comprar com esse dinheiro e novamente me sinto Tony Montana. Sentamos à mesa e quando começamos a conversar percebo que os dois estão bastante animados pelo álcool e em seguida enchem suas taças e a minha com champanhe, até finalizar o conteúdo. Mamãe toca um sininho dourado para chamar Ofelia, que rapidamente aparece com uma nova garrafa em outro balde cheio de gelo e o troca pelo outro. Ofelia me cumprimenta como recém-chegado que sou e mamãe a manda trazer a entrada, que queremos começar a comer. Em seguida ela volta com três pratos e uma bandeja com uma espécie de suflê de verduras muito bem apresentado, que meu irmão devora e mamãe e eu quase não tocamos. Quando ela me pergunta se eu não gosto, digo que agora não tenho muito apetite e ela diz que tenho de comer, que estou muito magro. Eu esclareço que não gosto de verduras e ela se ofende e fala que mandou preparar um menu especial para o meu aniversário e que esperou a semana inteira para me ver e que eu sou um ingrato, primeiro, por que resolvi comemorar com meus amigos e depois teve o final de semana com meu pai – disse assim, "com seu pai"– e a deixei por último. E que essa não é a maneira correta de tratar uma mãe. Eu noto que ela está um pouco bêbada e começo a me arrepender de ter vindo. Para aliviar a tensão digo que o prato está excelente e como um pouco mais perguntando o que tem para depois e ela responde que filé, pois sabe que eu adoro carne. Então, aproveito para dizer que não vou continuar comendo suflê, apesar de estar delicioso, para mais tarde comer o filé e ela relaxa, sorri e começa a falar. Enquanto nos conta dos seus últimos torneios de *bridge*, observo o meu irmão brincando distraidamente com o resto do suflê e admiro a sua capacidade de abstração e a sua eterna paciência com mamãe. Não consigo entender como podemos ser tão diferentes. Também penso que meu irmão deve ser bipolar, para poder escutar mamãe falando durante horas com essa paz e depois dar "um pouco" de porrada na sua mulher. Mamãe conta agora que está planejando um cruzeiro pelo Mediterrâneo com suas amigas do *bridge* e começa a descrever o itinerário, se servindo outra taça de champanhe. Da mudança ao condomínio e a Punta del Este, que ela nos comunicou com pompas e circunstâncias no Museu Malba, não restam vestígios. Parece que se esqueceu do tema, da minha irmã, dos seus netos, de que é alcoólatra, tudo. Quando Ofelia chega com o filé pergunto se pode me trazer uma garrafa de vinho tinto para acompanhar e ela responde: *sí, señorito*. Ofelia nos chama de *"señoritos"*, a mim e a meu irmão. Ela serve os pratos e mamãe, como sempre, a repreende por alguma coisa. Ela se cala e olha para baixo, com uma chispa de ódio que eu aprendi a detectar em seus olhos com o tempo. Depois volta com uma garrafa de Fond de Cave e eu pergunto se não tem um melhor e mamãe entra no meio e a manda escolher algum das estantes de cima. Ela retorna com uma garrafa de vinho italiano, um Pinot Grigio que eu nunca provei, mas que tem muito bom aspecto. Quando tiro a rolha e o cheiro já percebo que é um elixir e sorrio. Mamãe percebe o meu contentamento e também sorri e continua falando da sua viagem à Europa. Mamãe vai quase todos os anos para a Europa com as amigas e eu acho que ela desfruta mais quando conta do que durante a viagem propriamente dita. Quando termina o seu monólogo começa com as típicas perguntas, todas dirigidas a mim, porque como sempre, me cobra: *com seu irmão tenho contato telefônico diário, você não me liga nunca*. Estou tentado a dizer que os dois se dão bem porque são dois alcoólatras de merda, mas provavelmente vou arruinar o almoço e a comemoração do meu aniversário e especialmente este Pinot Grigio, que está espetacular. Mamãe pergunta como vai indo a revista e diz que o marido de umas das "meninas" – assim chama as velhas que jogam *bridge* com ela – vai me ligar para colocar um anúncio, porque lhes passou uns exemplares e parece que eles adoraram. Agradeço e pergunto a que se dedica o senhor e ela responde que acha que ele tem uma fábrica de produtos lácteos. Eu esclareço que então não sei se será possível, a menos que haja produtos *gourmet* ou *delicatessen* e ela diz que com certeza, que sua amiga é uma senhora de alta classe, mas o marido é mais *"low class"*, embora esteja muito bem economicamente. Depois começa a contar que, ultimamente, em alguns torneios de *bridge*, aparece gente cada vez mais feia. Textualmente nos diz: "tem um elemento..." E eu não posso acreditar que mamãe continua falando assim, ainda que no fundo até ache engraçado. Depois se refere à Ofelia como a "serviçal" e começa a falar horrores dela. Afirma que a "criadagem" está cada vez pior e já não é como antigamente e começa com a ladainha do bem que viviam os seus pais e da quantidade de mucamas que eles tinham quando estavam em missão com o avô diplomata, e do motorista e por aí vai. Eu ponho *off* como quase sempre que venho almoçar com mamãe e me dedico a observar como as luzes da sala se refletem nos prismas do lustre que cai bem acima de nós e nos espelhos das paredes que rodeiam a mesa. Ela continua falando e me pergunta como está meu pai e diz que ficou sabendo que ele fez um implante de cabelo, que aquela mosquinha morta seguramente lhe encheu a cabeça. E eu aproveito para fazer uma piada e digo sim, que encheu a sua cabeça de pelos e ao escutar que meu irmão ri guturalmente, lembro que ele ainda está sentado na mesa e também confirmo que está vivo. Enquanto comemos o filé, que ficou delicioso, mamãe também vai nos corrigindo, que estamos pegando errado os talheres e diz que desde que eu moro sozinho e meu irmão com aquela guria – assim se refere à mulher do meu irmão: "aquela guria" – estamos perdendo os bons modos que ela nos ensinou quando éramos pequenos, de pegar os talheres e comer deste ou daquele modo. E nós, que não queremos contradizê-la, dizemos sim, que ela tem razão e que vamos prestar mais atenção para não desperdiçar a excelente educação que recebemos. Quando terminamos de comer vejo que acabei com o vinho e que a garrafa de champanhe tornou a se acabar e me pergunto se eu também me tornarei alcoólatra como estes dois. Mamãe toca novamente o sininho e pede a Ofelia que retire os pratos e traga a sobremesa e outra garrafa para brindar pelo meu aniversário, aproveitando a ocasião como desculpa para continuar se embebedando. Quando ela volta, mamãe apaga a luz e a outra vem caminhando com um bolo enorme com duas velas com dois números que formam 32. Entre os três, porque Ofelia também participa, cantam o parabéns pra você e eu torno a fechar os olhos como no sítio, a soprar as velas e a fingir que faço três pedidos. Ofelia brinca de puxar minha orelha, mas mamãe a interrompe horrorizada e aproveita para dizer que ela não trouxe a espátula correta para servir o bolo, que a que trouxe não é adequada e Ofelia sai brava outra vez para a cozinha. Pergunto-me quantas vezes Ofelia haverá pensado em assassinar a pedante da minha mãe, que não tem nada melhor para fazer quando não joga o *bridge* que humilhá-la e encher o seu saco. Quando ela traz o utensílio correto mamãe manda ela nos servir o bolo, mas eu agradeço. Nunca como bolo nos aniversários, mesmo sendo o meu. Odeio os bolos de aniversário. Meu irmão é o único que prova. Eu digo a Ofelia que se sirva também, que se sinta livre para comer depois na cozinha. Ela sorri e quando se retira mamãe me repreende e pede que não lhe dê tanta confiança. *Quantas vezes eu te disse para não tratar de igual para igual os serviçais?* Eu não respondo. Espero o meu irmão terminar o bolo e pergunto se ele não acha que está na hora de irmos. Mamãe sugere que fiquemos para terminar a garrafa de champanhe, porém já é suficiente para mim. Levanto-me e meu irmão faz o mesmo e mamãe toca o sininho para que Ofelia nos acompanhe até a porta. Nós nos abraçamos e nos despedimos. Antes de ir, eu pego o presente do meu irmão e o coloco debaixo do braço. Quando saímos pergunto a ele como anda com sua mulher, se se reconciliaram e ele diz que ainda não, mas que estão nas tratativas. Ao nos despedirmos, sacudo no ar o embrulho com o seu presente e agradeço de novo, dizendo que vou abri-lo assim que chegar em casa, que estou morrendo de curiosidade, embora não esteja nem aí para o que tem dentro, meu irmão sempre teve um gosto de merda para os presentes. Ele ri se fazendo de modesto e diz *é só um presentinho*, mas no fundo parece orgulhoso do que escolheu para mim. Finalmente nos damos um abraço um tanto artificial, durante o qual o embrulho quase cai e ficamos de nos falar, indo cada um para um lado.

CAPÍTULO

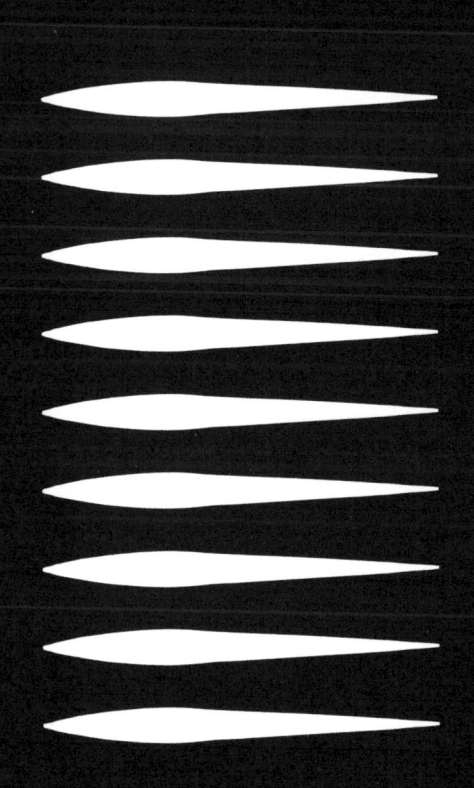

FELICITAS, A GROUPIE QUE CONHECI no bar Isabel, está esparramada na minha cama *king size* enquanto eu chupo os seus seios freneticamente. Dias depois daquela primeira noite nos conectamos pelo Facebook e eu a convidei para jantar em casa. Ela disse que não, que preferia ir para um lugar neutro, talvez porque sabia o que a esperava aqui ou, quem sabe, quisesse me dar um pouco mais de trabalho. Agora parece que está bem à vontade. A *groupie* está com os olhos fechados e mete um dedo na boca tirando a língua pra fora e lambe o resto da mão toda vez que eu mordo um dos bicos dos seus seios. Fomos jantar no Tegui, um dos melhores restaurantes de Buenos Aires, tomamos duas garrafas de *Pommery* e aí ficou bem mais fácil convencê-la a subir ao apartamento e tirar-lhe a roupa. A *groupie* tem uns peitos antológicos e o melhor é que são naturais, nada de silicone. Odeio os peitos operados, porque são artificiais, estão fixos como o busto de uma estátua e tem gosto de plástico. Quase não há exceções. Também me dá aflição pensar que abaixo da pele de uma pessoa possa ser colocado um pedaço de silicone. Quando tiro sua calça de veludo e abaixo a calcinha, Feli começa a dar uns gritinhos histéricos que me excitam bastante. Fecho os olhos e começo a tocá-la devagar, a beliscar seu clitóris suavemente, mas com certa intensidade. Os gemidos ficam mais agudos e eu sinto como se estivesse lhe machucando e meu prazer aumenta, como se eu fosse uma espécie de *punisher* sexual predestinado a castigar esta *groupie* cantora de *rock* britânico. Pouco depois suas mãos estão invadindo a minha calça e rapidamente encontram o que procuram. Sem soltá-lo ela se senta na cama, tira a calcinha e a joga sobre o tapete. Sobe em mim e com a mão direita aperta com força o meu pau deixando somente a cabeça para fora e com essa ponta começa a se esfregar com movimentos elétricos, quase convulsivos. Eu aguardo ansioso o momento de estar dentro dela, de possuí-la de maneira escrota, que ela seja minha como uma escrava, como uma puta de merda. Mas isto não acontece porque a *groupie* acelera a velocidade de seus movimentos, se sacode sem soltar meu pau e termina tendo um orgasmo múltiplo e prolongado, entre gritos e sussurros que meus malditos vizinhos já devem estar escutando. Tudo isto sem eu chegar a penetrá-la e muito menos gozar. Por fim, ela se recosta exausta na cama como se isso não fizesse diferença, pega sua bolsa que estava ao pé da cama, tira um Dunhill, o acende e suspira soltando a fumaça. Depois deita a cabeça sobre o travesseiro e diz: *foi bom, bebê. Chama um táxi pra mim?*

Estou em um casamento no Palacio Sans Souci, de um conhecido meu de sobrenome tradicional, que não vejo há muito tempo e acho que só me convidou para encher o lugar, já que, pelo visto, ele não tem muitos amigos. As pessoas passeiam pelos jardins degustando o melhor *buffet* da Argentina e tomando champanhe francês enquanto disputam para ver quem de todos é o mais idiota. Eu me sinto incomodado dentro de um terno novo que encomendei para esse casamento de merda ao qual até o momento não sei para que vim. Odeio casamentos. De repente, aparece uma amiga de Marina que não vejo há anos – e que também não queria ter encontrado aqui – e me cumprimenta amavelmente, como se durante meu namoro com sua amiga tivéssemos tido alguma intimidade. Não me lembro de haver trocado com ela mais que alguns monossílabos, o mesmo que estou fazendo agora, enquanto ela me apresenta o seu namorado piegas todo queimado de sol e com uma gravata bem chamativa. Depois de me cumprimentarem os dois ficam parados na minha frente como se estivéssemos juntos e não falaram nada e eu também não, pois não tinha nada para falar com eles. Mas, como o silêncio que se gerou me constrange em dobro, pergunto a esse boneco por que ele está tão queimado. Ele explica que é professor de tênis e trabalha o dia inteiro no sol, enquanto percebo que ela fica um pouco envergonhada com a informação. E eu até entendo que lhe dê vergonha sair com um professor de tênis, de fato é muito pouco. O que não entendo é como ela foi se envolver com um tipinho desses, mas logo me vem à cabeça que esses caras têm fama de trepar como animais e daí me lembro de um filme pornô em que durante as aulas de tênis um professor todo musculoso e bronzeado comia as suas alunas MILF, que gritavam agarradas à rede, de pernas abertas e bunda pra cima. Me lembro também de uma conversa que esteve na boca do povo, de um professor de tênis que tinha AIDS e havia transado com um grupo de senhoras ricas de não sei que clube e acabou contaminando todas, mas isso deve ser invenção, como muito do que se escuta por aí. Como a coisa começa a me divertir, especialmente quando noto o incômodo dela, decido prolongar o papo com o pseudotenista. Pergunto a ele se alguma vez participou de uma competição, porque sei que noventa por cento dos professores de tênis são atletas frustrados. E de fato responde que sim, que esteve federado não sei por quanto tempo e que jogou um monte de interclubes. *Interclubes*, diz, e eu noto a cara de vergonha dela ao escutá-lo contar a história. O cara fala orgulhoso de suas conquistas, não sei quantos troféus chinfrins e faz questão de afirmar que não seguiu competindo porque machucou o *xxxoelho*. Fala assim, *xxxoelho* e sua namorada está a ponto de vomitar os canapés que acabou de comer e minhas gargalhadas internas são quase incontroláveis, apesar da minha cara impassível. Então, a amiga de Marina, antes de morrer engasgada com tudo aquilo, interrompe o profe e o deixa totalmente fora de combate calando-o com um *smash* verbal. Em seguida, vira para o meu lado e com uma mudança brusca de assunto pergunta o que eu sei de Marina. Respondo que nada e que também não me interessa saber, e ela, se vingando por eu haver feito o seu peguete do interior soltar a língua, fala que parece que ela vai morar com o Daniel. *Com o Daniel*, repete, se divertindo com a pronúncia desse nome impronunciável, como dizendo: *babaca, sua ex-namorada vai morar com um Daniel*. Limito-me a dizer *ah, que bom* – e bancando o distraído me escapo, indo atrás de uma bandeja e aproveitando para trocar o meu copo.

Observando os ridículos trajes das pessoas no casório me pergunto quando o tonto do Javi vai chegar. Ele foi convidado e ainda não chegou, já liguei várias vezes para ele e nada. Isto aqui vai se converter num suplício se eu ficar sozinho dando voltas por esse jardim da *belle époque* de merda. Quem eu já vi foi o imbecil do Fede. Eu não sabia que ele também tinha sido convidado e desde que o vi venho fazendo de tudo para que ele não me veja. Finalmente, vejo o Javi entrando com seu blazer de veludo. Quando me cumprimenta e me abraça eu falo que liguei várias vezes e ele diz que deixou o telefone na casa de uma garota que ele pegou no Tequila noite passada. Eu acho curioso o fato de ele sempre dizer "telefone" no lugar de celular, mas nunca digo nada. Vamos juntos até o bar e ele pede champanhe e uma lata de Red Bull, mas o garçom fala que eles só têm Speed e então ele pede champanhe, nada mais. Acomoda-se no balcão e diz que Speed é um energético de merda e que lhe dá taquicardia. Como estamos em um dos lugares mais visíveis da festa, que é o balcão do bar, em um minuto o Fede nos vê e se aproxima. Acho bem provável que ele já tenha me visto apesar das minhas esquivadas, mas não teve coragem de se aproximar vendo que eu estava sozinho. Agora com o Javi, que é quem tem um bom relacionamento com ele, já não tem medo de me encarar. Primeiro os dois se abraçam e quando ele vem para me abraçar eu lhe estendo a mão. Ele a aperta, mas se aproxima de uma vez e me dá um tapa nas costas, ao qual não ofereço muita resistência. Fede pede um uísque ao *barman* e começa a conversar. Nota-se que já tomou vários, porque está bem falante. Conta que sua mãe cortou a mesada após descobrir que o último cheque que ela lhe deu para saldar suas dívidas foi trocado com um agiota. Javi pergunta por que ele fez isso e Fede conta que tinha um palpite para uma corrida no hipódromo de Palermo, um cavalo que não perderia nunca. Agora sou eu quem pergunto, ironicamente, quanto ganhou na corrida. Obviamente, Fede conta que perdeu por um triz, como todos os que sofrem de ludopatia, ou seja lá o que for. Sempre estão a ponto de ficar milionários e acabam perdendo tudo no último minuto. Fede diz que tem um plano, mas precisa da nossa ajuda. Consiste em um autossequestro, que nós o tenhamos escondido em uma de nossas casas e peçamos um resgate à sua mãe, que vai ter de dizer sim de qualquer jeito. Que depois ele nos dá uma comissão ou então nos presenteia com as melhores putas de Buenos Aires, o que a gente preferir. Eu começo a acreditar que esse cara está louco de verdade, mas um louco idiota, porque se fosse uma loucura inteligente até poderia me causar certa admiração, apesar do ódio que tenho por ele. Agora louco e idiota não, quanto mais longe, melhor. Imaginemos que quando o peguem, porque vão pegá-lo com certeza, esse babaca abre o bico e conta que planejou tudo com uns amigos em um casamento e aí vamos todos presos sem ter culpa nenhuma. Digo que não quero saber nada a respeito do seu plano e me afasto deixando-o a sós com o Javi, que parece escutá-lo com muito mais tranquilidade do que eu, enquanto toma lentamente sua bebida. Eu começo a dar voltas pela recepção com uma mão no bolso e a outra segurando o copo e olho com zero interesse e sem nenhuma vontade as bandejas que passam inundadas de salmão, caviar, ostras e tudo mais. Meu celular começa a tocar e eu troco as mãos para atendê-lo com a direita. É a loira dizendo que estou sumido, que nunca mais a procurei no Face nem liguei para ela, *para eu não me fazer de estrela*. E repete a frase porque isso, aparentemente, lhe parece *cool*. Digo que estou em um casamento no Sans Souci e ela parece aprovar porque fala *uau, super top*. Digo para ela vir, que eu mando um táxi buscá-la em quinze minutos e ela responde que não consegue estar pronta em tão pouco tempo, necessita de no mínimo meia hora para estar apresentável. Eu me lembro de que há poucos dias olhei suas fotos no Facebook e notei alguma coisa bastante avantajada na sua comissão de frente, como se tivesse colocado peitos novos. Então digo *ok, em meia hora o táxi estará na sua porta* e agradeço aos céus que a noite esteja ficando boa, apesar das caprichosas tentativas do estúpido do Fede para acabar com ela. Ligo para o Robert e peço que ele providencie o táxi, mas que antes ligue para a loira e confirme o endereço. Sigo dando voltas pelo jardim e outra vez vejo a louca do *pub* irlandês e da festa de Charlie, que de vestido longo continua bastante apetitosa, apesar da sua piração e da passagem do tempo. Mas banco o distraído e passo direto porque me dá preguiça cumprimentá-la e fazer outra vez a introdução de onde nos conhecemos. Em uma das mesas atrás do jardim descubro umas *mollejas* aceboladas que parecem ótimas, então decido me servir uma porção e comer um pouco escutando a conversa de uns espanhóis metidos. Odeio os espanhóis, salvo por suas *tapas*. Odeio a forma brusca como falam. Ao lado do francês, que me parece o máximo, o espanhol é uma língua tão ordinária que tenho até raiva de havê-la herdado. Como seria interessante falar mais em francês e menos em inglês. Meu velho diz que se as invasões inglesas tivessem triunfado este país seria muito mais culto e próspero. Eu me divirto ouvindo essas coisas, mas gosto muito mais do francês e odeio os ingleses. O idioma não me incomoda, porém os ingleses como personagens me parecem detestáveis. E não é por que viajei muito e conheci ingleses por toda parte, mas por que saí um tempo com uma imbecil que trabalhava na embaixada britânica e não parava de me levar a um montão de programas culturais com diplomatas e cônsules, que eram um saco. Ela passava todo santo dia fazendo o social com esses idiotas e emitindo vistos na *fucking* embaixada como se fosse o centro do universo, mas a verdade é que trabalhar ali tinha muitas semelhanças com qualquer cargo público. Uma depressão absoluta. Claro que quando deixamos de nos ver ela acabou fisgando um dos colegas de escritório, como uma medalha de ouro para sua pequena vida entre quatro paredes. Agora parece já não ter necessidade de sair de seu asilo diplomático. Enquanto viajo nessa história meia hora de espera se passou, chegaram os noivos, tiraram fotos no jardim e estão convidando as pessoas para se sentarem às mesas. Eu vejo a loira entrar e ela parece uma rainha dentro de um vestido longo, com um generoso decote na frente e outro atrás, um deleite para os olhos. Além disso, efetivamente e agora estou seguro, vejo que a garota colocou silicone nos seios. Quando nos abraçamos ela os apoia no meu peito confirmando minhas suspeitas e então eu sussurro nos seus ouvidos: *parabéns pelos ardentes adornos, ficaram lindos*. Ela ri e me bate com a mini bolsinha típica de casamento que todas as mulheres usam e com um gritinho diz: *você é um atrevido, Johnny, mas me faz rir.* E eu rio com ela como se fôssemos um casal, pensando em como vou estrear estes peitos siliconados mais tarde. Por mais que eu não goste dos seios operados, hoje vou abrir uma exceção. Eu mereço, sim, senhor. Pego a loira pelo braço e a conduzo até o interior do "palácio", de fato, um belíssimo lugar e peço a um dos garçons que, por favor, coloque uma cadeira em nossa mesa para minha esposa que acaba de chegar. Digo "minha esposa" porque sei que esse tipo de gente gosta dessas formalidades. Ele entende perfeitamente e logo chega com uma cadeira, fazendo a gentileza de segurá-la para ela se acomodar. Na nossa mesa estão três garotas desacompanhadas, uma das quais daria pra pegar, as outras duas, não. Também estão Javi, Fede e dois casais que eles conhecem e que eu nunca vi na vida. Ideal para mim, para não ter que interagir muito com eles e poder focar na minha loira. Odeio as mesas de casamento. Nesta aqui quase todos se conhecem, então as três garotas que estão sozinhas terão que disputar os dois caras, que também estão sós. Os noivos devem ter calculado tudo tão perfeitamente que nessa mesa os solteiros éramos três contra três, a loira que acabo de incorporar não estava nos planos. Melhor assim, desta forma desestruturo um pouco esta cerimônia extremamente formal e inundada de pessoas finas. Pessoas finas e idiotas. A comida está muito boa, mas é excessivamente abundante. Eu e a loira fazemos uma degustação superficial do menu, porém, tomamos bastante champanhe. Tanto que já começo a necessitar de uma correção para a tontura que provocam as bolhas. Então, sussurro outra vez no seu ouvido: *e se nos drogássemos um pouco?* – e ela pergunta: *o que você tem?* E a noite vai ficando cada vez mais perfeita.

A loira está apoiada numa árvore nos fundos do jardim do Palácio Sans Souci com seu vestido até a cintura e a calcinha nos tornozelos. Eu estou em pé atrás dela fazendo um frenético põe e tira, enquanto que com a mão direita tiro a cabelada loira que juntei previamente e com a esquerda dou golpes secos e curtos em uma de suas nádegas. Ela lança pequenos gemidos que são neutralizados pelo pano que eu lhe dei para morder e não fazer barulho. Há pouco, passamos pela minha X6 e ela conheceu o espelho que eu não havia lhe apresentado na ida para aquele ridículo *baby shower*. Enchemos o nariz de coca, rimos muito, ficamos verborrágicos e depois começamos a nos pegar com vontade. No carro era um perigo porque passava muita gente o tempo todo, indo e vindo buscar coisas ou passar um pó no nariz, como nós. Assim que a fui arrastando até trazê-la para debaixo dessa árvore, onde não posso parar de socá-la. Valeu a pena esperar, a loira tem uma bucetinha deliciosa. Acho que não tem muita massa cinzenta porque do contrário seria até capaz de me envolver, já que pelo visto ela se adapta a tudo nessa noite. Ela sabe aparecer de última hora num casório, sentar-se à mesa com um monte de desconhecidos, cheirar três carreiras de pó e terminar de quatro debaixo de uma árvore, tudo isso em um mesmo dia. Grande *performance*. Uma pena não gostar das loiras burras, concluo enquanto tiro meu pau de dentro dela e derramo toda a porra nas suas costas.

CAPÍTULO

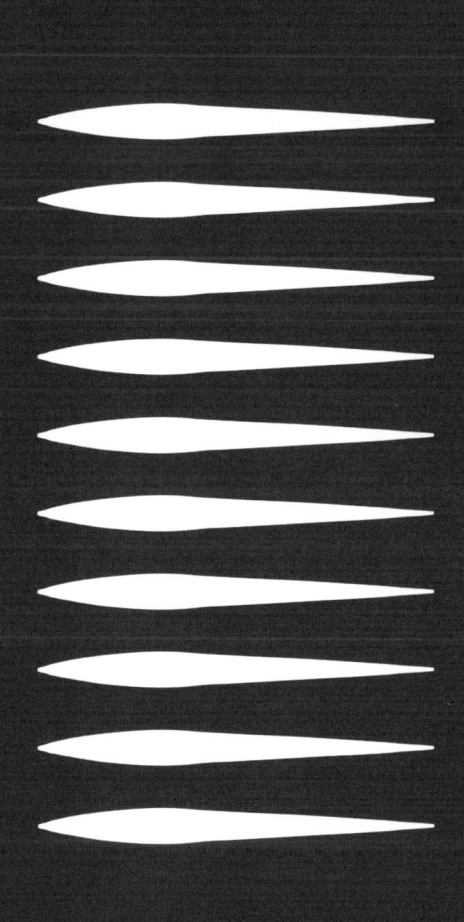

JAVI E MARTÍN ESTÃO SENTADOS na sala do meu apartamento. Chegaram agora mesmo munidos de umas garrafas de Chandon com a ideia de tomar umas antes de sair. Claro que depois de algumas taças eles me pedem coca. Digo que não tenho e os dois caem na gargalhada. Javi olha para mim e insiste: *ah, Johnny, você sempre tem, olha que vamos vasculhar a casa inteira.* Acurralado, vou ao meu quarto e procuro nos casacos até encontrar uma reserva que tenho para esse tipo de emergência. Um pó barato que Robert compra para mim, separadamente, apenas para acalmar as feras e espantar os chatos. Volto com um papelote e o jogo na mesa com displicência. Os caras comemoram e começam a cheirar uma carreira atrás da outra. Javi fala que o produto é muito ruim e se surpreende que eu esteja cheirando tal porcaria. *É o que tem,* respondo. Martín não se importa com a qualidade e manda ver em três carreiras, a última ele divide pela metade, uma para cada narina. Que bom que eu não cheirei dessa, penso. Javi reclama que está agredindo suas fossas nasais e, calado, me sirvo outra taça e pergunto o que vamos fazer. *Tenho uma festa em San Isidro, de umas alunas da minha oficina de pintura*, diz Martín. *Pode ser que fique bom,* acrescenta, *tem umas gatas bem gostosas.* Eu digo que prefiro não ir porque não creio na qualidade destas reuniões artísticas a não ser que seja uma mistura de *pop art* e evento glamoroso, porque aí sempre convidam modelos e aspirantes a atrizes, entre outras putinhas. Caso contrário, esses *meetings* de pessoas que fingem que são artistas se enchem de hippies pós-modernos e gente alternativa que ficam competindo entre si para ver quem está mais louco, enquanto tomam vinho em copos de plástico e contam suas últimas e revolucionárias criações. *É verdade,* diz Javi, mas essas meninas são mais interessantes. *E mais feias,* eu digo, *não se esqueça que nesses ambientes as mulheres sobem de dois a três pontos.* É a pura verdade: as que são 4 no Tequila e 5 na vida real, no mundinho artístico valem 7. Está comprovado. Martín ri da minha conclusão e contra-ataca que podemos só passar e depois ir para o Tequila. Seguramente ele tem um assunto a resolver e por isso quer dar uma volta por lá. Como é cedo e estamos travados, Javi e eu acabamos por fazer este favor a ele e o acompanhamos até San Isidro. Apago o LED que nos devolvia em silêncio imagens do *Laranja mecânica,* o disco do The Verve que tocava no iPod e fecho tudo antes de sair, cada um em seu carro. Não costumamos ir juntos num mesmo carro, por causa das oportunidades que podem surgir no meio da noite e, em meu caso, porque prefiro cheirar o meu pó sozinho no meu carro e não gosto de depender de ninguém para ir embora, quando me dá claustrofobia e vontade de sumir. Os caras repartem entre eles o que sobrou do papelote e perguntam se eu quero um pouco. Eu já levo o meu no bolso, mas faço de conta que não e dou um tiraço – que em vez de inalar sopro para o lado – para que não suspeitem que tenho mais e me peçam depois. Entramos no elevador, eles movimentando suas mandíbulas duras sem parar e eu mais tranquilo, porque minha coca não tem tanta anfetamina e cheirei a última carreira há um bom tempo. Javi se arruma um pouco diante do espelho e Martín propõe irem juntos em seu carro, que ele tem uma erva maravilhosa da horta do Nacho para baixar um pouco a loucura. Javi recusa e diz que prefere ter mobilidade própria e, além do mais, está muito louco e não quer mesclar sensações. *Mixed emotions,* diz, *como a música dos Stones.* Pedimos a Martín que nos ensine o caminho e ele diz que é melhor o seguirmos, fica mais fácil. Mesmo assim eu peço o endereço porque me dá muita preguiça andar com minha X6 seguindo um idiota em um Peugeot 307. Martín confere no seu celular e me passa o endereço. *Nos vemos lá,* digo. *Eu te sigo,* diz Javi a Martín. Busco a vaga, entro na minha nave e coloco o endereço no GPS. Depois tiro meu papelzinho metalizado, abro o porta-luvas e preparo uma carreira monumental. Inspiro fundo e a força G faz com que minha cabeça se jogue para trás como um cavalo quando corcoveia, quase batendo a nuca contra o respaldo do banco. *Que boa essa merda!* – grito, e em seguida olho ao redor do carro através do vidro escuro, para constatar que ninguém presenciou meu ataque de euforia. A barra está limpa. Está tão boa que cheiro outra. E outra. E uma última. Depois ligo o carro, saio da minha vaga e vou para a saída do estacionamento. Pego o controle remoto, aperto o botão correspondente e o portão começa a abrir. Vejo as luzes que iluminam a noite portenha, sorrio, engato a primeira e saio do edifício.

Quase não há tráfego na avenida Lugones. Evito as câmeras de segurança que já tenho localizadas no GPS e subo o volume do disco do The Who que selecionei previamente. Toca *My generation* e enquanto canto bem alto me pergunto se existe a minha geração propriamente dita. Ou melhor, se existe alguma geração identificável. Ou se já existiu, alguma vez. Também concluo que Pete Townshend convertido em um pedófilo imundo depois de quebrar tantas guitarras não é precisamente uma geração da qual sentir-se orgulhoso. Mas como esses filhos da puta tocavam. Na via expressa, há mais carros e muita luz. Um dos *outdoors* gigantes do acostamento chama a minha atenção em especial, em letras enormes está escrito: "Sinta o aroma". Não sei se é de uma sopa ou de algum vinho, mas concluo que tem a ver com gastronomia. É uma boa frase para uma campanha. Minha cabeça põe-se a trabalhar para completar a oração. "Sinta o aroma, cheire". Ou "Sinta o aroma, exploda o cérebro". E a última, "Sinta o aroma, avante os peruanos". Chega uma mensagem no WhatsApp e é Martín dizendo que não me vê e perguntando se estou atrás dele. Eu o lembro que iria por minha conta, justo quando estou saindo da via expressa, na altura da rua Thames para pegar a Dardo Rocha. O GPS não vem com detector de roubos, assim que fico com as antenas mais ligadas para não me meter em algum lugar do qual não possa sair depois. Ao deixar a via expressa paro em um sinal e um negro nojento se aproxima e são claras as suas intenções de passar o limpador de vidros no para-brisa, que está limpíssimo. Faço que não e ele faz o típico sinal pedindo uma moeda. Eu abaixo infimamente o vidro e deixo cair uma moeda de dois pesos, que para ele deve ser uma fortuna porque vai embora contente. O importante é que não toque no meu carro, penso e me felicito porque a moedinha jogada nunca falha. Por dois pesos dispenso o cara, ele não suja os meus vidros, não fica mendigando na minha janela e sai para encher o saco de quem está atrás. Odeio que sujem meu carro. Odeio os negros limpadores de vidros. Abre o sinal e eu arranco rapidamente para evitar algum novo imprevisto. Pego a rua Dardo Rocha até o final deixando velozmente para trás todos os restaurantes, à minha direita e à minha esquerda, o hipódromo de San Isidro, onde vinha com os amigos para a tribuna oficial, de terno e gravata e com nossos carnês do Jockey Club pagos por papai. Não nos importávamos com o dinheiro que perdíamos, porque também era de papai. Vou até o final da rua e acredito estar mais no bairro Acassuso do que em San Isidro. Atravesso o túnel da avenida Centenario e pouco depois das vias do trem o GPS vai indicando vire aqui, vire ali, até chegar a uma casa bastante apresentável, com um monte de carros estacionados na porta. Fico um pouco afastado para cheirar uma carreira antes de entrar e depois deixo minha X6 no lugar mais iluminado que encontro, por via das dúvidas. Quando saio do carro eu me abaixo um pouco para não ser detectado por nenhum guardador que exija cem pesos para olhar o carro por dez minutos ou então arranhá-lo, caso não seja aceito o seu requerimento extorsivo. Odeio os guardadores de carros, passaria impoluto por cima de cada um deles com minha máquina. Mando uma mensagem para os meninos e eles respondem que estão chegando. Quando vejo passar o Peugeot de Martín me agacho, fecho o carro e ativo todos os alarmes em tempo recorde. Depois vou ao encontro deles e entramos juntos na casa. A música anos oitenta já se escuta de fora. Pelo menos não é *reggaeton*, penso, mas ainda assim esclareço que dependendo de como esteja o lugar, posso ir embora em seguida.

PÓ

A festa está péssima. Muita luz, música artesanal – essa gentalha se alterna para trocar os discos –, uma mesa com garrafas de vinho Norton e, tal como previa, copos de plástico. Um horror. E, como se não bastasse, só tem homens, parece um filme de guerra. Martín rapidamente encara um grupinho e pela forma como se comporta com elas percebo que a garota que ele veio atrás é uma de cabelo vermelho, cortado tipo joãozinho, com olheiras profundas, mas um rosto bem interessante. Se não estivesse vestida com farrapos sujos que se esparramam por todos os lados, creio que até a pegaria. Porém, a verdade é que nem é grande coisa e eu me pergunto se havia necessidade de vir aqui por conta desse canhão. Javi e eu damos um oi geral e nos afastamos para fazer um reconhecimento do terreno, ainda que tudo indique tratar-se de um terreno devastado. Imagino o Alfred caindo nessa paródia de festa e acredito que ele seria capaz de sacar uma Ithaca[23] e matar todos os convidados. Morro de rir. Enquanto Javi se serve um copo desse vinho intragável eu digo que a qualquer momento bato em retirada. *Vamos esperar dez minutos pra ver o que acontece*, fala. Não entendo o que pode chegar a acontecer nesta espécie de festa alternativa, mas apesar de tudo faço que sim com a cabeça e passo a olhar um pouco para as pessoas, o que me deprime ainda mais. Vejo que Martín está fazendo um baseado e que Javi voltou a se aproximar do grupo. Vejo também que a poucos metros dali começa um jardim e vou em direção a ele. Não tenho vontade de fumar nem de interagir com estes pseudoartistas. No final do jardim tem uma piscina e em um dos cantos acenderam uma espécie de fogueira. Ao redor dela, há dois idiotas sentados no chão e um violão apoiado sobre uma capa. Só me faltaria que estes *fucking hippies* começassem a cantar *Rasguña las piedras*,[24] daria um tiro na cabeça. Um deles, uma espécie de rastafári argentino, com uma camisa do Peter Tosh, dá um trago profundo em um baseado enorme e depois o passa ao outro, que tem no pescoço um desses cachecóis fininhos que dão mil voltas,

---

23 Modelo de metralhadora utilizada pela polícia argentina.
24 Música popular do rock argentino, composta e interpretada por Charly García para a banda Sui Generis.

o que eu odeio. Não entendo como vim parar neste lugar e a única coisa que sei é que preciso sair daqui o quanto antes porque estou começando a sentir uma fobia assustadora. Dou a volta e noto que há um corredor que rodeia a casa e que vem desde a entrada até o jardim. Pego esse atalho e saio diretamente na rua, entro no meu carro e toco de volta para o centro. Durante o trajeto continuo com a mesma sensação adquirida nessa festinha de merda. Minhas mãos transpiram sobre o volante e sinto o coração bastante acelerado. Passo uma marcha e olho no interior do porta-luvas procurando meu ansiolítico, para o caso da coisa piorar, mas não o encontro. Devo ter me esquecido de fazer a reposição na última vez que tomei, que deve ter sido ontem à noite. Meu estado de nervos se acentua ainda mais e procuro me lembrar quantas carreiras eu cheirei nas últimas horas para saber se vale a pena me assustar ou não. Repito um mantra que um amigo experto em ataques de pânico me ensinou, conselho de sua psicóloga. *Mal etiquetado, mal etiquetado, mal etiquetado.* Mas a coisa não melhora. Entro na via expressa e acelero fundo. O visor marca 180 e eu sinto que prefiro me matar contra um muro de concreto que sentir o que estou sentindo. Em poucos minutos, chego à avenida General Paz, pego a Libertador e vou em direção ao meu apartamento, me esquivando de *skaters* que se lançam ladeira abaixo na escuridão. Chego em casa, estaciono o carro e me meto no elevador. Quando entro na sala encontro tudo tal como havíamos deixado. Vou direto para o banheiro e procuro desesperadamente a caixa de ansiolíticos. Tiro um *blister*, pressiono com o dedo e o comprimido pula em direção à minha outra mão. Com um movimento de munheca o coloco na boca e ajudo a tragá-lo com um copo de água da torneira. Espero que não demore muito para fazer o seu bendito efeito porque me sinto realmente mal e parece que as palpitações vão fazer o meu coração sair do peito. Sento na poltrona e ligo a televisão que logo me mostra Alex e seus *drugues* conduzindo um carro futurista no meio de um campo. Acho que vou enlouquecer. Desligo, me levanto e começo a caminhar pelo apartamento, como em um ritual, mergulhando cada vez mais nesse terrível surto. Vou para a cozinha e abro a geladeira, mas logo descarto a ideia de comer alguma coisa. Não estou com fome e temo que qualquer coisa que eu coma agora me faça mal. Penso em tomar um banho, entrar no Facebook, jogar PlayStation, tentar dormir e vou eliminando uma a uma todas as opções, porque todas me parecem impossíveis de fazer no estado em que estou. Dou um tempo para ver se melhoro, mas o tempo não para e não passa e cada vez me sinto pior, como se fosse sofrer um AVC. Fico apavorado. Tenho medo de morrer aqui, sozinho, no meio deste apartamento enorme e frio. Então, decido pegar o celular e chamar a única pessoa que talvez possa me ajudar no momento: Robert.

Já são três voltas no quarteirão do Centro Medicus da rua Azcuénaga. Robert me leva pelo braço falando de gados perdidos e outras bobagens para me distrair. Pretende que eu não perceba o que deliberadamente está fazendo para me acalmar, mas eu percebo e peço a ele que pare de falar porque estou ficando mais nervoso ainda. Tenho medo de atravessar a rua, por isso ficamos dando voltas no quarteirão. A médica que nos atendeu, uma pentelha novata de merda que deve ter terminado o curso ontem, nos fez esperar uns vinte minutos e depois me encheu de perguntas que eu não tinha a menor vontade de responder: o que havia tomado, se tinha consumido drogas, se era alérgico a não sei quantas coisas. Só falei que tinha tomado bastante champanhe, da coca, nem um pio. Ela preencheu uma espécie de ficha, depois me deitou, me tomou o pulso e a pressão, deu uns golpes na minha barriga e pediu que eu me levantasse, que ela voltaria em seguida. Passados mais vinte minutos, ela voltou e disse que aparentemente não era nada grave. "Aparentemente", como se eu fosse me contentar com este diagnóstico de merda. Depois falou que podia me receitar um ansiolítico para me ajudar a relaxar um pouco e então comentei que já havia tomado um inteiro, quando na verdade foram dois e meio. *Ah bom*, disse ela, surpreendida. *Então, em pouco tempo você vai ficar zerado.* "Zerado", como se fôssemos amigos a vida inteira. Quando saí, Robert estava firme, me esperando. Meu fiel companheiro não só largou tudo o que estava fazendo – se é que estava fazendo alguma coisa – quando recebeu meu telefonema, me pegou em casa em meia hora e me trouxe até o Centro Medicus em seu Ford Focus nojento e ainda ficou esperando para ver como a coisa evoluía. E agora me acompanha para dar a quarta volta no quarteirão apoiando o meu braço esquerdo, enquanto eu peço a ele que pare de falar e com a mão direita começo a arrancar casquinhas da cabeça. A verdade é que em alguns momentos me sinto um filho da puta com ele, mas, convenhamos, ele também se comporta como um babaca. Quando vêm esses pensamentos à minha cabeça percebo que devo estar um pouco melhor porque sentir-me um filho da puta provoca em mim uma sensação linda, vertiginosa. Porém, nesse momento minha vista fica nublada, sobe um arrepio incontrolável pela coluna vertebral e me dá uma espécie de calafrio cujo clímax culmina em milhões de estrelinhas cintilantes e, depois, a escuridão absoluta.

Quando acordo, estou deitado na típica cama de hospital que vemos nos filmes, com a cabeça apoiada num travesseiro branco e vários cabos que saem de diversas partes do meu corpo. Não entendo bem como cheguei até aqui e também não me interessa muito. Estou extremamente cansado, ao que começa a se somar um grande tédio por me encontrar numa situação tão patética. Procuro focar em alguma coisa e fico um pouco tonto, mas consigo ver que ao pé da cama está minha mãe, com uma cara na qual se misturam um quê de carinho com muito de fingimento. Mamãe sorri, aperta a minha mão e diz: *oi, filhote, como se sente?* – e quando se inclina para me abraçar posso sentir o cheiro do álcool. Como a conheço, posso imaginar que já tomou umas tantas garrafas após saber que um dos seus "filhotes" estava internado. Eu digo *olá, mami* e pergunto o que aconteceu e por que estou aqui. Ela responde que o médico vai me explicar tudo, que ela não pode falar nada, mas que é para eu ficar tranquilo que agora estou bem e sendo assistido pelos melhores médicos, *blá blá blá, etcetera*. Pergunto em que merda de hospital estamos e ela responde que no Hospital Alemão. Eu insisto em saber o que aconteceu, mas ela desconversa, diz que não entendeu muito bem e não sabe como explicar essas questões médicas, será muito melhor que o especialista me dê os detalhes, ele vai chegar a qualquer momento. O "especialista", repete, como se gostasse de pronunciar essa palavra. Em seguida muda de assunto e conta que os meus sobrinhos perguntaram por mim e que quando puder virão me visitar e que mais tarde virá o meu pai. *Já organizei para que o seu pai chegue quando eu já tiver ido embora, assim não nos encontramos.* Não me interessa nem um pouco a logística que armaram para me verem nesse estado lastimável, apenas quero saber o que tenho e, principalmente, quando vou poder voltar para casa. Levanto um pouco o lençol e vejo que tem uma sonda saindo do meu pau e me dá muita aflição. Continuo investigando o resto do meu corpo e vejo que estou tomando soro e tenho umas coisinhas redondas pregadas no peito, que acho que são para controlar a frequência cardíaca. Mamãe pede licença para sair e avisar as pessoas que estão esperando lá fora, já que estou acordado. Quando ela sai me levanto lentamente e consigo me ver no espelho do banheiro. Comprovo que estou mais magro do que nunca e muito pálido e procuro me lembrar que merda aconteceu noite passada. De novo me vejo caminhando na rua Azcuénaga de braços dados com o Robert e recordo de tudo perfeitamente, até o *black out*. Depois são somente *flashes* de dentro do Centro Medicus, que se misturam com a visita de agora e uma conversa recheada de orações soltas, algo bizarro, do tipo *você está tendo um infarto. Neste momento? Neste exato momento. Mas as pessoas morrem por causa disso. Vou morrer? Fique calmo. Calmo o caralho. Estou morrendo? Shhh. Shhh. Tranquilo. Tranquilo.* Procuro discernir se eu vivi tudo isso ou apenas sonhei e na mesma hora entram no quarto minha irmã e meu cunhado. Perguntam como eu estou e prometem que em breve vão trazer os meus sobrinhos, como se eu morresse de vontade de vê-los aqui fazendo a maior bagunça e me enchendo o saco. Pía explica que por enquanto é melhor que eles não venham, porque poderia ser um choque, tanto para eles como para mim. Eu digo que tudo bem, que entendo, porque prefiro não estender esse tipo de conversa extremamente entediante. O que me pergunto é que merda o meu cunhado está fazendo na minha frente com cara de pena, como se ele se importasse com o que eu faço ou deixo de fazer, quando nós dois sabemos que não vamos com a cara um do outro. Odeio as pessoas que se aproximam somente quando algum coisa ruim acontece. Na vida real detestam a pessoa e não dão a mínima, mas quando algum coisa ruim acontece, lá estão elas para demonstrar que perante o sofrimento o ódio delas é menor, não perdendo a oportunidade de dizer que tudo vai dar certo. Porque não sabem o que dizer, sempre dizem a mesma coisa: *tudo vai dar certo*. Agora, basta que a pessoa se recupere para que o ódio volte, igual ou maior do que antes. As pessoas são muito falsas, especialmente em nosso pequeno círculo de gente requintada. Minha irmã me dá um beijo na testa e meu cunhado um aperto no braço que tem o soro. Dói um pouco, mas não falo nada. Os dois dizem para não me preocupar porque tudo vai dar certo. Eu encaro a minha irmã ignorando o nojento do meu cunhado e pergunto com voz firme se tive um infarto. Ela não responde e quer mudar de assunto me contando a última aventura colegial do filho mais velho. Só consegue falar dos seus filhos e de papai. Aproveita para dizer que ele deve estar chegando. Eu repito a pergunta levantando um pouco a voz e ela não pode evitar e responde. *Algo assim,* diz. Desisto de lhe pedir detalhes. É claro que tive um infarto, ou algo como um infarto. Tanto faz. Tenho 32 anos e o meu coração já falhou uma vez, de modo que o panorama começa a se reduzir. É provável que comecem com toda a classe de proibições, em especial a única coisa que não quero que me proíbam. Enfim, já veremos o que vai dizer o idiota do "especialista", quando chegue. Agora estou muito cansado e tenho vontade de dormir um pouco mais, assim que peço às minhas visitas que, por favor, se retirem para que eu possa descansar.

 Quando acordo vejo o Robert ao meu lado, como sempre. Meio desmunhecando, me acena com a mãozinha e eu sinto uma mistura de carinho com uma vontade de esmurrá-lo, o que sempre acontece quando ele libera a bichona de dentro de si. Pergunto o que aconteceu e ele me conta que estávamos caminhando e eu comecei a ficar cada vez mais pesado, até que caí como um morto e ele por sorte conseguiu me segurar e além do mais estávamos perto, a poucos metros do Centro Medicus. Nos atenderam e eles me aplicaram uma injeção que me fez acordar na hora, como no filme *Pink Floyd The Wall* e eles se assustaram e me deram um remédio na boca e eu engoli e logo estava apagado de novo. Em poucos minutos me levaram lá para dentro e ele ficou aguardando notícias. Então eles disseram que eu estava tendo um infarto e eu acordei outra vez e perguntei se iria morrer e como não me respondiam nada de concreto eu os mandei todos à merda, médicos, enfermeiros e assistentes. Sobrou para ele também, que o xinguei feio. Eu estava transtornado. Quando fiquei definitivamente sedado e mais tranquilo eles me transferiram para outro hospital porque ali não tinham as condições necessárias para me operar, assim que providenciaram uma ambulância e me trouxeram para o Hospital Alemão, e aqui estamos. Pergunto se eles me operaram porque não vejo nenhuma cicatriz no peito nem nada parecido e ele diz que sim, que acha que foi pela virilha. Faço um *chek in* da área e efetivamente vejo um buraquinho ínfimo suturado e digo, *bom, pelo menos não me abriram como um sapo, não deve ser tão grave*. Pergunto também como as coisas vão se encaminhar e ele diz que não faz ideia, que meu pai está se encarregando de tudo. E que ele só autorizou a sua visita porque ele havia me ajudado e dos outros amigos ele não queria nem ouvir falar, eram uns drogados de merda. Então, fico sabendo que os meninos não vão poder vir e no fundo acho até bom; eles não saberiam o que dizer e eu também não. Antes de ele ir embora peço que me consiga um computador para que eu possa entrar um pouco no Facebook e ele diz *claro*, que o meu Mac já está na sua mochila lá fora e ele me entrega assim que o deixarem entrar de novo no quarto.

Agora Rochi e Marina estão na minha frente e eu, apesar de estar todo entubado, estou imaginando muitas putarias enquanto olho para elas. Até sinto uma semiereção, que acabo não sabendo se é real ou não. Rochi está contando um dos seus casos superengraçados, que em geral são uma merda e Marina a interrompe de vez em quando perguntando detalhes para comentar comigo e me fazer participar da conversa. Eu ponho *off* absoluto e quase não escuto o que elas dizem e vendo a Rochi balançar os braços com os peitos que voam, imagino Marina com esses lábios carnudos chupando eles todinhos e então começo a ficar meio louco. Soa uma espécie de sirene que também não sei se é real e as duas se assustam quando entram uns tipos vestidos de branco e azul como a puta bandeira argentina. Eu não sei se isso é verdade ou se estou tendo um sonho erótico-médico, mas percebo que eles metem alguma coisa no meu braço e tudo fica mais prazeroso. Eu me pergunto se será morfina ou outra coisa o que me dão através desse soro de merda e tenho medo de ficar viciado porque a sensação é espetacular. Pensando isso vejo as caras das garotas que agora estão longe da cama. Trato de desnudá-las e juntá-las na minha mente em uma espécie de tesoura e acho que acabo tendo um orgasmo e apagando de vez.

Quando acordo me lembro de um pesadelo. Sonhei que Marina aparecia com uma almofada imensa que na realidade era um feto, o seu feto abortado e tentava me asfixiar enquanto gritava histérica que sabia que eu estava comendo a Rochi. Eu me defendia com os braços e conseguia neutralizá-la, mas então o Fede entrava e ajudava a pressionar ainda mais a almofada e os dois venciam a minha resistência e me matavam. Nesse momento, acho que acordei. *Back to the real life*, escuto a voz de papai, como se ele estivesse pensando durante todo esse tempo o que iria falar comigo quando me encontrasse. Vejo que ao seu lado está meu psicólogo Norberto, que olha para mim circunspecto e fico chateado por papai o haver trazido aqui sem me consultar. Os acompanha um senhor alto de óculos, bastante calvo, de uma pulcritude nunca vista e portando um avental branco, impecável. Suspeito que é médico e papai me apresenta ao diretor do hospital, que, como não poderia deixar de ser, é seu amigo. O doutor não sei das quantas toma então a palavra e começa a me brindar com detalhes da minha história clínica. Fala de arritmias, artérias, veias obstruídas e glóbulos vermelhos e culmina o seu relatório informando que tiveram que me colocar dois *stents* nas coronárias, que são como uns pequenos metais que abrem as paredes das artérias e garantem um correto fluxo sanguíneo. Esse senhor parece saber muito do tema e além do mais é bastante didático, explicando tudo com detalhes, calma e clareza. Gosto de escutá-lo, ainda que esteja falando do único coração que tenho. Quando termina a parte médica a coisa fica mais complicada, porque aí começam as restrições. Não poderei mais fumar e isso inclui a maconha, nada de embutidos, gordura ou café, pouquíssimo álcool, frituras e carnes vermelhas e muito de tudo o que é chato comer e "beber". *Ele pode cheirar cocaína, doutor?* – escuto o meu pai perguntando em tom de advertência e me olhando de lado. É claro que não, responde o "especialista", *a cocaína é veneno para qualquer pessoa, imagine o senhor para um paciente cardíaco. Se ele voltasse a usar cocaína, nos encontraríamos outra vez neste hospital em seis meses, ou menos e seguramente em piores condições que as atuais.* Papai agradece ao médico, satisfeito pelo seu tiro de misericórdia e se despede dele cordialmente. Quando ele vai embora, fala alguma coisa com Norberto que me dá adeus e também sai, nos deixando a sós. Então, de forma suave e muito sério, pergunta: *você escutou o que disse o doutor? Esta merda te faz tão bem que você estaria disposto a morrer para continuar consumindo? Porque se é assim me diga, é sua escolha, mas pelo menos vou me preparando e me poupo dessa preocupação,* acrescenta, como recitando de memória um sermão psicológico induzido por Norberto. Ele, por fim, arremata a sua breve elocução com uma pergunta seca e direta: *você quer morrer, Johnny?* Para mim, que odeio os monólogos de papai, o lugar onde estou e a forma de vida em sociedade dessa cidade de merda, esta me parece uma pergunta bastante estúpida e sem sentido. Porque eu, como todo mundo, e é a mais pura verdade, não sei o que quero e não tenho a menor ideia do que responder.

Grupo
Editorial
LETRAMENTO